विज्ञान की
आश्चर्यों से भरी कहानियाँ
(भाग-1)

बच्चों और किशोर पाठकों के लिए
विज्ञान की दिलचस्प कहानियाँ

विज्ञान की आश्चर्यों से भरी कहानियाँ

भाग-1

प्रकाश मनु

नीलकंठ प्रकाशन
नई दिल्ली -110002

प्रकाशक : नीलकंठ प्रकाशन
पता : 4760-61, 23, अंसारी रोड
दरियागंज, नई दिल्ली -110002
फ़ोन: 9810675061
व्हाट्सएप नंबर: +91 9810675061

ईमेल: neelkanthprakashan47@gmail.com

Vigyan Ki Aashcharyon se Bhari Kahaniyan Part-1
Prakash Manu

ISBN: 978-93-6874-886-1

प्रथम संस्करण : 2025

उन असंख्य बच्चों और किशोर पाठकों के लिए
जो सफल वैज्ञानिक और
देश के जिम्मेदार नागरिक बनकर
अपने देश और समाज की सेवा का
सपना देख रहे हैं।

क्रम

1
कहानी हवा की

पृथ्वी पर तुम बच्चे और छोटे-बड़े सभी लोग खुशी और आनंद से रह पा रहे हो, तो इसलिए कि मैं हूँ। मैं, यानी कि हवा! तुम हैरान होकर सोच रहे होगे, क्यों भला? पृथ्वी पर तो इतनी सारी चीजें हैं। तो भला मेरा होना इतना जरूरी क्यों?

अच्छा, थोड़ी देर के लिए अपनी नाक को जरा उँगली से दबाओ तो! घुटन महसूस होने लगी न! क्यों भला? इसलिए कि साँस लेने से तुम सभी लोग जीवित हो। साँस रुकते ही दम निकलने लगता है। अब भला सोचो, साँस लेने के लिए किसकी जरूरत है? मेरी ही न! तो अब समझ गए न, मैं कितनी जरूरी हूँ। बिना मेरे भला धरती पर कौन रह पाएगा? मनुष्य को तो छोड़िए, जीव-जंतु, कीड़े-मकोड़े, यहाँ तक कि पेड़ और वनस्पतियाँ भी मेरे बगैर नहीं पनप सकते। सच तो यह है कि जिस पृथ्वी पर तुम रहते हो, उस पर सब ओर से छाकर मैंने एक वायुमंडल बना दिया है। पृथ्वी पर जीवन इसीलिए है, क्योंकि यहाँ वायुमंडल है। इसके बिना जीवन की कल्पना ही मुश्किल है।

इसलिए जब मैं चलती हूँ तो सबको अच्छा लगता है। जब मैं कुछ रुक सी जाती हूँ तो सबको घबराहट होने लगती है और तुम सबके हाथ पंखे का स्विच

टटोलने लगते हैं। जानते हो क्यों? भई, इसका कारण यह है कि पंखा रुकी हुई हवा को चला देता है और उससे तुम्हें राहत मिलती है। तो अब देख लिया न, कि मेरा चलना कितना जरूरी है। उसके लिए कैसी-कैसी विज्ञान की खोजें हुईं! पहले हाथ से चलने वाले पंखे होते थे। फिर बने बिजली के पंखे, कूलर और एयरकंडीशनर। एयरकंडीशनर में तो मुझे एक निश्चित तापक्रम दे दिया जाता है। यानी बाहर चाहे कितनी ही सर्दी हो या गरमी, लेकिन जिस मकान या कमरे में एयरकंडीशनर लगा हो, वहाँ मैं उसी तापक्रम पर रहूँगी, जो मनुष्य के शरीर और मन को सुख और सुकून पहुँचाए।

तो भई, अब तुम इतना भी जरूर समझ गए होंगे कि मौसम में तमाम बदलाव मेरे कारण आते हैं। मैं ज्यादा दबाव से कम दबाव वाले क्षेत्र की ओर बढ़ती हूँ। और कभी-कभी तो अपनी इस चाल के कारण ऐसी विकट आँधी के रूप में गजब ढाती हूँ कि तुम लोग दाँतों तले उँगली दबा लेते हो। बड़े-बड़े बरगद, आम और पीपल के पेड़ भी मेरी उग्रता देख, इस तरह टूटकर जमीन पर आ गिरते हैं, जैसे उनमें जान ही न हो। इससे लोगों को मेरी ताकत का अंदाजा तो जरूर हो जाता है कि मैं अपनी पर आऊँ, तो क्या कुछ नहीं कर सकती हूँ!

यों जब आदमी ने मेरे तेज, वेग और शक्ति को महसूस किया तो उसके मन में कहीं न कहीं यह भी आया कि अगर हम इसका कुछ फायदा उठा लें, तो फिर बड़े-बड़े काम चुटकियों में हो सकते हैं। इसीलिए तुमने देखा होगा कि पहाड़ों पर मेरी तेज शक्तियों का इस्तेमाल करते हुए कैसी 'पुक-पुक-पुक' पवन चक्कियाँ चलती हैं और उनसे कैसा बढ़िया आटा पिसता है। बगैर किसी इंजन या बिजली की मोटर के, बस मेरी शक्ति के इस्तेमाल से ही बड़े-बड़े काम खुद-ब-खुद होने लगते हैं।

वैसे बहुतेरे लोग हैं, जो भले ही रात-दिन मुझमें साँस लेते हों। लेकिन कभी महसूस नहीं करते कि मेरी बाँहें कितनी बड़ी-बड़ी हैं और मेरी शक्तियाँ कितनी विशाल। इसी से तो दुनिया में बड़े-बड़े काम होते हैं। तुमने चिड़ियों को तो उड़ते देखा होगा। पर क्या तुम्हें पता है कि चिड़ियाँ मेरे कारण ही आसमान में उड़ पाती हैं। बगैर हवा के चिड़ियाँ उड़ नहीं सकतीं। मेरी शक्तियों को समझने के बाद ही उड़ने वाले गुब्बारे और हवाई जहाज बने।

और यही नहीं, जीवन के रोजमर्रा के कामों में मैं कितनी मदद करती हूँ! जरा इसके बारे में सोचकर तो देखो। अच्छा, कभी अपनी साइकिल या पापा की मोटरसाइकिल के पहिए को गौर से देखो। जरा हाथ लगाकर देखो, यह कितना सख्त है और इसीलिए सड़कों पर क्या फर्राटे से दौड़ता है। मगर भई, भूलना मत, इसके अंदर तो मैं मौजूद हूँ। मुझे ठूँस-ठूँसकर पंप से इसके अंदर भरा गया है। तभी तो साइकिल या मोटरसाइकिल का पहिया सड़कों पर फर्राटे से दौड़ता है। अगर कोई तुम्हारा शरारती दोस्त पहिए में मौजूद मुझे बाहर निकाल दे तो पहिया फुस्स हो जाएगा। फिर उसे चलाकर देखना, वह चलेगा क्या?

यहाँ तक कि मेरे बिना गेंद हो, फुटबाल या वॉलीबॉल, सब बेकार है। मेरे कारण ही वे फूली-फूली रहती हैं और उनका गोलमटोल रूप ऐसा होता है कि तुम सब बच्चों को ललचाता है। और तुम सब खेलने के लिए मचलते हो। इतना ही नहीं, मेरे बिना संगीत की दुनिया भी बड़ी खाली-खाली ओर उदास होती। जरा संगीत के वाद्यों के बारे में सोचो। वीणा हो बाँसुरी या सरोद, ढोल हो पिपहरी, इन सबके बजने में कहीं न कहीं असली कारण मैं हूँ। मुझमें लहरें पैदा होती हैं और फिर वे देखते ही देखते संगीत के सुरों में ढल जाती हैं।

मगर भई, इससे भी जरूरी एक बात तो छूट ही गई। तुम अपने दोस्तों, मम्मी-पापा या भैया दीदी से बात करते हो और आपस में एक-दूसरे की बात

सुन लेते हो। यह भी इसीलिए होता है, क्योंकि तुम्हारे और उनके बीच मैं मौजूद हूँ। तुम जो कुछ कहते हो, वह ध्वनि की लहरों के जरिए दूसरों तक पहुँचता है। लेकिन ध्वनि की लहरें बगैर मेरे एक जगह से दूसरी जगह नहीं जा सकतीं। इसलिए इस दुनिया में ध्वनि, संगीत और आवाजों की जो चहल-पहल है, नाटक और कविता और कहानी सुनाने के जो सम्मेलन होते हैं, वे सब के सब इसीलिए हैं, क्योंकि मैं एक की बात दूसरे तक पहुँचाती हूँ। वरना तुम खुद जरा सोचो तो, यह दुनिया कितनी नीरस होती!

तो इसमें शक नहीं कि मैं रात-दिन की तुम्हारी साथी हूँ। तुम्हारे साथ-साथ पेड़-पौधे और वनस्पतियाँ भी मेरी दोस्त हैं, जो हमेशा मुझे शुद्ध रखने में अपना सहयोग देती हैं। पर अफसोस, इधर लोग मुझे तरह-तरह से प्रदूषित कर रहे हैं। कहीं-कहीं तो मैं साँस लेने लायक भी नहीं रही। दुःख इस बात का है कि इनसान अपने थोड़े से फायदे के लिए मुझ पर भीषण अत्याचार कर रहा है। अगर यही स्थिति रही, तो कुछ समय बाद यह धरती लोगों के जीने लायक नहीं रहेगी।

खुशी की बात है कि अब सारी दुनिया में पर्यावरण की चेतना आती जा रही है। आज के नन्हे बच्चे भी सचेत और जागरूक हों, तभी कल की दुनिया सचमुच सुंदर होगी।

चलो, इतनी बातें हो गईं! अब मुझे हँसकर विदा दो, ताकि मैं थोड़ा बगीचों में जाकर फूलों को खिलाऊँ और चिड़ियों और तितलियों का मन बहलाऊँ। आखिर इसी से तो हमारी दुनिया में सुंदरता आती है।

2
कहानी बिजली की

मैं हूँ बिजली। आज के युग की पहचान। आज का युग सच माने में तो मेरा ही युग है, क्योंकि धरती से आकाश तक सब ओर बस मेरी ही तूती बोल रही है। मैं लोगों के जीवन में इस कदर घर कर चुकी हूँ कि अगर तुम यह गिनने बैठो कि तुम्हारे जीवन में काम आने वाली चीजों में कौन-कौन सी चीजें हैं जो बिजली से चलती हैं, तो गिनते-गिनते परेशान हो जाओगे। तब भी सूची पूरी नहीं होगी। आज लाखों लोगों के लिए जीवन-आधार कहलाने वाला पंखा मुझसे ही चलता है। रोशनी देने वाला बल्ब मेरे सहारे ही चलता है। यहाँ तक कि कंप्यूटर, वाशिंग मशीन, सब मेरे ही सहारे चलते हैं। मैं नहीं तो सबके सब बेकार!

यहाँ तक कि बड़े-बड़े बैंक, फैक्टरियाँ सब मेरी ओर इस तरह ललचाई नजरों से देखते हैं, जैसे मैं ही उनकी भाग्य-विधाता हूँ। मैं हूँ तो सब ठीक-ठाक, और मेरे जाते ही सब उलट-पुलट हो जाता है। सबके सब दुखी और परेशान होकर कहने लगते हैं कि अरे, बिजली चली गई! और केवल धरती की बात ही क्यों की जाए? आदमी का अंतरिक्ष का कार्यक्रम भी पूरी तरह बिजली पर भी निर्भर करता है। बिजली नहीं तो बड़े-बड़े सुपर कंप्यूटर कहाँ

से चलेंगे? कुल मिलाकर असलियत तो यह है कि मैं नहीं तो कुछ भी नहीं। मेरे बिना आज आदमी के छोटे से छोटे काम भी नहीं हो पाते। यहाँ तक कि मिक्सी से फलों का जूस निकालना है तो बच्चे हों या बड़े, सब इंतजार करते हैं कि बिजली आए तो मिक्सी चले। और मिक्सी चलेगी तो जूस निकलेगा। यानी कि मैं हूँ तो जीवन है और मेरे जाते ही सब ओर सन्नाटा छा जाता है।

इसी बात को लेकर बच्चों के एक बड़े कवि दामोदर अग्रवाल ने तो एक मजेदार कविता ही लिख दी –

बड़ी शरम की बात है बिजली
बड़ी शरम की बात!
जब देखो, गुल हो जाती हो
ओढ़ के कंबल सो जमी हो!
हम खाना खाते होते हैं
या गाना गाते होते हैं,
नहीं देखती हो यह दिन है
या है काली रात,
बड़ी शरम की बात है बिजली
बड़ी शरम की बात!

तो बिजली जैसे जीवन की निशानी है। पर तुम्हें हैरानी होगी, मेरी कहानी बहुत पुरानी है। आकाश की बिजली से तो लोग परिचित थे, जो बादलों के बीच कौंधती थी और जिसमें चौंध थी, इसलिए दूर-दूर दिखाई पड़ती थी। पर धरती पर भी बिजली होती है, इसका लोगों को पता नहीं था। फिर जब लोगों ने देखा कि काँच की छड़ पर फलालेन को रगड़ने से चिनगारी पैदा होती है या कि सूखे बालों में कंघी फिराने में कुछ 'चिक-चिक' जैसी आवाज होती है, तब

लोगों को पता चला कि अरे, यह तो बिजली है जो दो चीजों के रगड़ने से पैदा होती है। जिस तरह आसमान में बादलों की रगड़ या आपस में टकराने से बिजली पैदा होती है, ऐसे ही धरती पर दो चीजों को रगड़ा जाए तो बिजली पैदा हो जाती है।

पर ये दोनों चीजें यानी आसमान की बिजली और धरती की बिजली क्या एक ही हैं या अलग-अलग हैं? इसको लेकर बड़े दिनों तक बहस और चर्चाएँ चलती रहीं। तरह-तरह के प्रयोग हुए। इन प्रयोगों में सबसे मजेदार था अमेरिकी वैज्ञानिक बेंजामिन फ्रेंकलिन का प्रयोग। उन्होंने आसमान में पतंग उड़ाने का निश्चय किया। पर यह थोड़ी अलग तरह की पतंग थी, जो रेशम की डोर से उड़ाई गई थी। उसके निचले हिस्से पर एक चाबी जुड़ी थी, ऊपरी हिस्से पर भी लोहे का तार था। जब यह बादलों तक पहुँची, तो लोहे के तार से बिजली पतंग की डोर में आई और फिर नीचे बँधी हुई चाबी में भी। जब बेंजामिन फ्रेंकलिन ने पतंग उड़ाते-उड़ाते अपने हाथ के पास बँधी चाबी को छुआ, तो जोर से चिट-चिट की आवाज हुई और उन्हें करंट लगा।

पर बेंजामिन फ्रेंकलिन इससे घबराए नहीं, बल्कि खुशी से उछल पड़े। उन्हें अपने सवाल का जवाब मिल गया था। यानी आकाश की बिजली भी धरती की बिजली की तरह है। दोनों में कोई फर्क नहीं है।

इसके बाद तो मुझे लेकर होने वाले शोध कार्यों में इतनी तेजी आई कि चारों ओर मेरी ही चर्चा सुनाई देती। लोग बिजली के बारे में नई-नई बातें जानने के उतावले रहते और सोचते कि बिजली के सहारे और क्या-क्या काम किए जा सकते हैं। टॉमस एल्वा एडीसन ने बिजली के बल्ब का आविष्कार किया तो सारी दुनिया में हलचल मच गई। लोग सोचने लगे कि एडीसन ने आदमी की अँधेरी दुनिया से अँधेरे को दूर भगा दिया। लेकिन फिर भी मुझ पर होने वाले

अनुसंधान रुके नहीं और नई-नई बातें सुनाई देतीं।

इधर मुझे सुरक्षित रखने की कोशिशें भी लगातार चल रही थीं, ताकि मैं उपकरणों में इस तरह बंद रहूँ कि जब चाहे मेरा इस्तेमाल हो सके। इसके लिए वैज्ञानिकों को बैटरियाँ बनाने का आइडिया सूझा। और बहुत से वैज्ञानिक इस काम में जुट गए। आखिर किस्म-किस्म की बैटरियाँ बनाने की कोशिशें आरंभ हुईं।

बाद में चलकर हलकी और सूखी बैटरियाँ बनीं। छोटे से छोटे सेल बने। जरा सोचो, तुम्हारे टीवी का रिमोट या कंप्यूटर का कॉर्डलैस माउस, सबमें मेरा सूखा सेल ही तो काम करता है। वरना न तुम्हारा कंप्यूटर चले और न टीवी। और यही क्यों, ऐसी अनगिनत चीजें हैं, जिनमें धड़कन पैदा करने का काम मैं ही करती हूँ।

और अब तो दिनोंदिन मेरा उपयोग बढ़ता ही जा रहा है। फिर ऐसी चीजों की सूची तो बेहद लंबी है, जो पूरी तरह मुझ पर ही निर्भर करती है। मेरे बिना न आदमी आकाश में उड़ पाए न समुद्री यात्रा कर पाए। और हाँ, आज की ज्यादातर रेलगाड़ियाँ भी तो मैं ही चलाती हूँ। मेरे इशारे पर वे इतनी तेज गति से दौड़ती हैं, जैसे हवा में तैर रही हों। भला कोयले से चलने वाली रेलगाड़ियाँ इनका कहीं मुकाबला कर सकती हैं!

आजकल जगह-जगह पानी और सौर ऊर्जा से मुझे पैदा करने की कोशिशें की जा रही हैं, ताकि मेरी बढ़ती हुई खपत को किसी तरह पूरा किया जाए। जगह-जगह ताप बिजलीघर भी बन रहे हैं जिनमें रात-दिन मेरा उत्पादन हो रहा है। डॉ. भाभा ने भारत के भविष्य का जो सपना देखा था, उसमें उन्हें ताप बिजली का महत्व समझ में आ गया था। उन्होंने बड़े-बड़े ताप बिजलीघर बनाने की योजना बनाई। आज भारत इतनी तेजी से वैज्ञानिक प्रगति कर पाया है और

हमारा जीवन खुशहाल है, इसका बहुत कुछ श्रेय डॉ. भाभा के महान स्वप्न और प्रयत्नों को मिलना चाहिए। लेकिन साथ ही तुम सभी को इस सपने को पूरा होने में मदद करनी होगी। आज से प्रतिज्ञा करो कि तुम बेकार मुझे खर्च नहीं करोगे, ताकि अधिक से अधिक लोग मेरा लाभ उठा सकें।

और अब आखिरी बात यह है कि भई, मेरे फायदे तो बहुत हैं, मगर एक नुकसान भी है। वह यह कि मैं थोड़ी गुस्सैल हूँ और छेड़छाड़ बिलकुल बर्दाश्त नहीं कर पाती। मुझे अनुशासनप्रिय लोग ज्यादा अच्छे लगते हैं। इसलिए जो मुझसे ज्यादा छेड़छाड़ करते हैं, उन्हें मैं झटका देकर दूर भगा देती हूँ। सच तो यह है कि मैं ताकत की जादूगर हूँ। मुझमें अच्छे गुण भी हैं, बुरे भी, लेकिन अच्छे ज्यादा हैं। अगर कोई सँभलकर मेरा इस्तेमाल करे, तो वह मेरी प्रशंसा करते नहीं थकेगा।

खुद भी यह बात याद रखो और दूसरों को भी समझाओ। अगर बच्चे भी यह बात समझ लें तो निस्संदेह इक्कीसवीं सदी में मानव का जीवन कहीं अधिक सुखी और खुशहाल होगा।

3
कहानी कपड़े की

कपड़े की कहानी हजारों बरस पुरानी है। यह इस कदर मनुष्य की जरूरतों में से एक बन चुका है कि बिना कपड़े के, मनुष्य के जीवन की कल्पना ही हमें मुश्किल लगती है। पर जबसे इनसान ने कपड़ों को जाना या खोजा, तब से हजारों बरस की लंबी यात्रा में खुद कपड़े की कहानी में इतने रंग, इतनी अद्‌भुत छवियाँ और आकर्षण जुड़ते रहे हैं कि आज इसे याद करना हमें सुखद विस्मय से भर देता है। प्रारंभ में मनुष्य फर, चमड़ा या पेड़ों के पत्ते बाँधकर गुजारा करता था। पर आश्चर्य, सीने की कला का उसे ज्ञान था। ईसा से कई हजार साल पहले की हाथी दाँत या हड्डी की बनी सूई मिली है, जिससे पता चलता है कि प्रगैतिहासिक काल में भी मनुष्य सीने की कला जान गया था। बाद में भी सिले या बुने हुए सूती, ऊनी रेशमी आदि कपड़े मिलते हैं।

सच तो यह है कि कपड़ा जो कभी शरीर को ढकने और उसे सर्दी, गरमी, बारिश जैसे मौसमों के प्रकोप से बचाने के लिए जरूरत बनकर आया था, वह आगे चलकर सुरुचिपूर्ण परिधान के रूप में एक सभ्य व्यक्ति की पहचान बन गए। स्त्रियों और पुरुषों दोनों के ही वस्त्रों में नए-नए रंगों और सुंदर कलात्मक आकृतियों ने डेरा डाला और देखते ही देखते, डिजायनदार कपड़े के साथ-साथ

आज का मनुष्य और दुनिया भी कहीं अधिक ताजा और चित्ताकर्षक नजर आने लगी।

इसी तरह कपड़े की इस लंबी यात्रा में उसके रूप और धागों में भी समय के साथ-साथ नई से नई विविधताएँ और बदलाव नजर आते हैं। भारत में अगर सूती कपड़े का अधिक रिवाज था, जिसमें कहीं-कहीं सुंदर बुनाई वाले ऊनी कपड़े नजर आते, तो चीन ने एक नायाब वस्त्र रेशम खोज निकाला और चीन के रेशमी वस्त्रों की सारी दुनिया में धूम मच गई। एक दिलचस्प बात यह है कि चीन में रेशम के कीड़ों से वस्त्र बनाने की इस तकनीक को काफी छिपाकर रखा गया था। दुनिया इस खूबसूरत कपड़े का रहस्य बहुत बाद में जान पाई, पर इससे पहले ही चीन से दुनिया के कई देशों में रेशम पहुँचने लगा। इसमें एक ओर व्यापारियों का योगदान था, जो चीन में रेशम ले जाते और बदले में सोना और दूसरी कीमती चीजें हासिल करते, तो दूसरी ओर युद्ध-मोर्चे की ओर जा रहे सैनिकों और आम जनता का भी, जिन्होंने अपनी यात्राओं के दौरान दूसरों से आदान-प्रदान के जरिए, इसे दूर-दूर तक पहुँचाया। इसी तरह बौद्ध भिक्षुओं ने रेशम की विश्व-यात्रा में खासा योगदान किया, जिनके जरिए रेशम के वस्त्र बनाने का भेद दुनिया तक पहुँचा। फिर धीरे-धीरे दुनिया के अन्य देश भी रेशम के उत्पादन और रेशमी वस्त्र बनाने की दिशा में आगे बढ़े।

जाहिर है, रेशम इस बात का उदाहरण है कि कोई कपड़ा भी इतिहास बना सकता है और उसे बदल भी सकता है। यों देखा जाए तो रेशम की इस महाकथा में दुनिया के अनेक युद्धवीरों, व्यापारियों, दार्शनिकों, बौद्ध भिक्षुओं तथा आम जनता सभी का योगदान है। इसमें सिकंदर, मार्को पोलो, चंगेज खाँ और तैमूर लंग के नाम भी शामिल हैं। हजारों मील का सफर करके रेगिस्तान, पहाड़, दर्रे सभी को पार करते ऊँटों के काफिले रेशम की कीर्ति-गाथा को सारी दुनिया में

लहराने निकल पड़े और सच में, इस धरती पर सुंदरता का एक नया संसार रचने में रेशम ने खासी महत्वपूर्ण भूमिका निभाई। ईसा से कोई पाँच शताब्दी पहले रेशम को खोज लिया गया था। पर ईसा से एक शताब्दी पहले तो रेशम का खासा व्यापार शुरू हो चुका था। इसके बाद सोलहवीं शताब्दी में समुद्री यात्रा करके वह यूरोपीय देशों में पहुँचा। रोम के राजाओं को रेशम इतना भाया कि उन्होंने चीन से रेशम मँगाने के लिए बदले में सोना भेजा। चीने में सोना अधिक नहीं होता था, पर रोम से आए इस सोने ने चीन की समृद्धि के द्वार खोल दिए। इस तरह चीन की समृद्धि में वहाँ के रेशम ने बड़ी भूमिका निभाई। बाद में मंगोलों ने जब चीन पर आक्रमण किया, तो चीन की बहुत सी समृद्धि पर मंगोलों का कब्जा हो गया।

एक मजेदार बात यह है कि रेशम के इतिहास में योगदान देने वालों में एक बच्चे मार्को पोलो का नाम भी शामिल है। मार्को पोलो अभी छोटा ही था, जब वह अपने पिता और चाचा के साथ विश्व-यात्रा पर निकला और यों घूमता हुआ चीन पहुँचा। वहाँ मार्को पोलो ने चीन की सभ्यता और संस्कृति की कई आश्चर्यजनक चीजों के साथ-साथ रेशम को भी जाना और इसके रहस्य को लेकर अपने देश लौटा। हालाँकि मार्को पोलो जब वापस लौटा,तो उसके बदले हुए रूप और वेश के कारण किसी ने उसे नहीं पहचाना। तब खासे नाटकीय अंदाज में उसे अपनी पहचान बतानी पड़ी। उसने अपने चोगे को फाड़ा तो उसमें से सोने के सिक्कों की बारिश होने लगी। तब लोगों ने उसे पहचाना और खूब स्वागत किया।

रेशम की ही तरह हौजरी का इतिहास भी हजारों साल पुराना है। पहले किसान और योद्धा मौसम के प्रकोप से बचाव और अपना काम बेहतर ढंग से करने के लिए, पैरों तथा टखने पर भेड़ों के चमड़े की पट्टियाँ बाँध लेते थे।

रोम में अपने पैरों को बुनाईदार पट्टियों से ढकने का खासा प्राचीन रिवाज था। भारत में अलंकृत कटिवस्त्र पहनने का जो रिवाज है, उसका संबंध भी निश्चित रूप से हौजरी से ही है। इसी तरह मोजे आदि का इस्तेमाल भी प्राचीन काल से होने लगा था। कहा जा सकता है कि हौजरी का सबसे प्राचीन ज्ञात रूप यही है।

बुने गए हौजरी वस्त्र ग्यारहवीं शताब्दी में यूरोप में नजर आने लगे। शुरू में बड़ों और बच्चों के लिए एक ही तरह के वस्त्र बनते थे, जबकि उन्नीसवीं शताब्दी में बच्चों के लिए अलग से हौजरी वस्त्र बनने लगे। बच्चों के लिए खासकर छोटे-छोटे आकार के, सुंदर, रंगीन ढंग के हौजरी वस्त्र बनाने पर अधिक जोर रहा। यही कारण है कि पिछले कुछ दशकों में रंग-बिरंगे रेडीमेड कपड़ों ने देखते ही देखते सारे बाजारों को पाट दिया।

सूती कपड़ों की तरह ही, कपड़े की कहानी में ऊनी कपड़े का भी खासा योगदान है। बल्कि कपड़े के सबसे पुराने रूपों में शायद ऊनी कपड़ों का जिक्र किया जा सकता है। भारत जैसे देश में तो जाड़े की शुरुआत होते ही ऊनी कपड़ों की 'पुकार' शुरू हो जाती है। ये कपड़े महीनों से संदूकों में छिपे रहने के बाद निकलते हैं, तो पुराने होकर भी दिलों को खूब लुभाते हैं। जाड़े में बाजारों में ये चारों ओर लदे दिखाई देते हैं और एक उत्सव जैसा माहौल बना देते हैं।

ऊनी कपड़े भी बेशक सूती कपड़ों की तरह ही मनुष्य के पुराने साथी हैं। प्रागैतिहासिक समय में मनुष्य भेड़ों आदि ऊन वाले पशुओं की खाल ओढ़कर जाड़े आदि के प्रकोप से अपनी रक्षा करता था। ऊन से मनुष्य का सबसे पुराना रिश्ता यही है। फिर सभ्यता के विकास के साथ-साथ ऊनी कपड़ों के नए-नए रूप भी सामने आए। ऊन उत्पन्न करने वाले प्रमुख देशों में रूस, चीन, अर्जेंटीना, आस्ट्रेलिया और दक्षिण अफ्रीका के साथ-साथ भारत की भी गिनती

होती है। दिलचस्प बात यह है कि महाभारत में भी ऊनी कपड़ों का जिक्र आया है। महाराज युद्धिष्ठर के राजसूय यज्ञ के समय यह उल्लेख मिलता है कि कंबोजों ने उन्हें सुंदर ऊनी वस्त्र भेंट किए थे। यहा तक कि ऋग्वेद में भी ऊनी वस्त्रों का जिक्र मिलता है। ऋग्वेद में देवता से यह प्रार्थना की गई है कि हमें सफेद ऊन दो, बुनाई में हमारी मदद करो। ऊन में तीन तरह की चमक देखने को मिलती है, सफेद, सुनहरी और चमकीली। इनके कारण उनकी अलग पहचान भी है। इसके अलावा ऊनी कपड़ों का एक बड़ा गुण यह है कि वे विद्युत के कुचालक होते हैं।

बारहवीं शताब्दी में इंग्लैंड में विनचैस्टर फैक्टरी के शुरू होने पर घर में बुने जाने वाले वस्त्र अब बड़ी संख्या में फैक्टरियों में बनने लगे। जाहिर है, ये हाथ से बुने कपड़ों की तुलना में कहीं अधिक सस्ते थे तथा कम समय में काफी अधिक मात्रा में तैयार किए जा सकते थे। यह कम आश्चर्य की बात नहीं कि ऊनी कपड़े हमेशा आदमी की सर्वोच्च प्राथमिकता रहे, पर अठारहवीं शताब्दी तक आते-आते सूती कपड़ों ने अचानक ऊनी कपड़ों को पछाड़ दिया। देखते ही देखते ऊनी कपड़ों की मा ग कम होने लगी और सूती कपड़े लोगों द्वारा कहीं अधिक पसंद किए जाने लगे।

प्राय: सभी प्रमुख चिंतक और इतिहासकार यह मानते हैं कि संसार के अन्य देशों की तुलना में कपड़े के निर्माण में भारत कहीं अधिक आगे था। यों भी भारत अनेक तरह की विविधताओं वाला एक विशाल देश है जिसमें विविध संस्कृतियाँ हैं। उसी के अनुसार यहाँ वस्त्रों में भी खासी विविधता मिलती है। यह विविधता स्त्री-पुरुष दोनों की वेश-भूषा में देखने को मिलती है। एक और खास बात यह कि संस्कृतियों की विविधता और विपुलता के बावजूद यहाँ परिधानों में एक अनोखी समानता भी है। ज्यादातर तो भिन्न राज्यों या जनपदों

में अलग-अलग रुचियों के हिसाब से रंग, डिजायन, वस्त्र आदि को लेकर थोड़ा-थोड़ा फर्क या परिष्कार नजर आता है। उनके रंग, डिजायन आदि में फर्क नजर आता है। कहीं हलके तो कहीं गहरे रंगों का रिवाज देखा जा सकता है। उन्हें धारण करने का ढंग और शैलियाँ भी अलग-अलग हैं। इसी तरह का फर्क संपन्न वर्ग और साधारण जनता के वस्त्रों में भी देखा जा सकता है।

यहीं भारतीय वस्त्रों की एक विशेषता की ओर ध्यान खींचा जा सकता है। वह यह कि प्राचीन काल में ज्यादातर भारतीय सिले हुए वस्त्रों के बजाए धोती या उत्तरीय पहने नजर आते हैं। महिलाएँ ज्यादातर साड़ी पहनती थीं। इससे कुछ लोगों ने यह निष्कर्ष निकाला कि भारतीय लोग सीने की कला को नहीं जानते थे। मुस्लिमों के आने के बाद, भारत में सूई और सीने की कला आई। पर इधर के अध्ययनों से साफ हो गया है कि यह बात ठीक नहीं है। सच तो यह है कि प्राचीन भारत में लोग अगर ज्यादातर बिना सिले कपड़े पहनते थे, तो इसके पीछे उनकी एक खास तरह की रुचि ही थी। भारतीय लोग इस तरह की पोशाक पसंद करते थे, जिसमें सादगी के साथ-साथ ऐसा गुण भी हो कि वे एक तरह की शाश्वत पोशाकें बन जाएँ जिन्हें पहनना सुविधाजनक तो हो ही, वे आगे आने वाले हजारों वर्षों तक अपनी धज बनाए रखें। इस लिहाज से भारतीय लोग सूई का इस्तेमाल जानते हुए भी, अपेक्षाकृत सादे और बिना सिले कपड़े कहीं ज्यादा पसंद करते थे।

भारतीय परिधानों के बारे में अलबरूनी तथा अन्य विदेशी यात्रियों के वर्णन रोचक होते हुए भी कई बार बड़े अजीबोगरीब लगते हैं। उदाहरण के लिए अलबरूनी धोती का जिक्र 'पैरों में लपेटे जाने वाले लंबे उत्तरीय' के रूप में करते हैं, तो हँसी छूट पड़ती है। इसके बजाय अमीर खुसरो जैसे लेखकों ने भारतीय परिधानों का कहीं अधिक खूबसूरत वर्णन किया है। उन्होंने लिखा है

कि भारतीय वस्त्र इतने बारीक, सुंदर और कलात्मक होते हैं कि सूई के छेद में से भी वे निकल सकते हैं। इब्न बतूता ने भारतीय महिलाओं के सुंदर वस्त्रों का वर्णन किया है।

कपड़े के किस्म-किस्म के रूपों में लिनन का भी जिक्र किया जा सकता है। प्राचीन इतिहास के अध्ययन से पता चलता है कि लिनन भी प्राचीन काल में मौजूद था तथा इसके साथ सिकंदर जैसे राजाओं का जिक्र जुड़ा हुआ है। रूस में भी इसका प्रचलन था। मुस्लिम संस्कृति के साथ तो इसका कहीं अधिक करीबी रिश्ता है, इसलिए कि ज्यादातर सुलतान इसे पहनते थे। मुस्लिम शासन में साधारण लोग आम तौर से सूती कपड़े पहनते थे, जबकि अमीर सरदार लोग लिनन के लंबे चोगे पहनते थे।

आधुनिकता के प्रवेश के साथ-साथ नायलॉन सरीखे सिंथेटिक कपड़ों का रिवाज चल निकला। हालाँकि इधर के कुछ दशकों में, सभ्यता के लंबे, चक्करदार सफर के साथ-साथ सूती कपड़ों का महत्व बढ़ता चला गया। लेकिन उनमें नई-नई रुचियों के हिसाब से रंगों की बड़ी प्राकृतिक छटाएँ देखने को मिलीं। कुल मिलाकर आज कपड़ों के चयन में प्रकृति के निकट रहने की कोशिश कहीं अधिक स्पष्ट नजर आती है।

कपड़े की कहानी में चरखे से लेकर, हथकरघे और मशीनों तक ने अपने-अपने ढंग से योगदान किया है। शुरू में हाथ से बने कपड़ों का प्रचलन था। रुई से धागा निकालने और उस धागे से वस्त्र बुनना पहले हाथ से ही होता था। फिर चरखा आया और उसके बाद मशीनें। भारत में कपड़ा बुने जाने की बड़ी पुरानी परंपरा मिलती है। वैदिक काल में काली, भूरी और ललामी लिए भेड़ों का वर्णन है, जिनसे ऊन प्राप्त की जाती है। सूत निकालने का काम ज्यादातर महिलाएँ करती थीं। वेदों में बुनाई का बड़ा सुंदर, लंबा कलात्मक वर्णन मिलता है,

जिसमें वस्त्र बुनने की कला को कई सुंदर प्रतीकों के जरिए समझाया गया है। वेदों में कई तरह के वस्त्रों का वर्णन है, जिससे पता चलता हे कि उस समय परिधानों में कितनी विविधता थी। वस्त्रों को सम्मान हासिल था और उन्हें कीमती वस्तु समझा जाता था।

मौर्य काल में वस्त्र उद्योग की और अधिक तरक्की हुई। इस दौर में स्त्रियाँ बुनाई से अतिरिक्त राशि कमा सकती थीं, इसलिए उनमें आत्मनिर्भरता और एक तरह का आत्मविश्वास आया। स्त्रियों को अकसर वह काम दिया जाता था, जो कुछ हलका होता था और घरों में आसानी से हो सकता था। उन्हें काम करने के बदले धन मिलता था। खास बात यह है कि मौर्य काल में वस्त्र उद्योग सबसे प्रमुख उद्योग था। कारीगरों को काम की सफाई और बारीकी के हिसाब से धन दिया जाता था। उस समय बंगाल में लंबे और हलके वस्त्र दुकूल का रिवाज था। वहाँ लिनन का भी प्रचलन शुरू हो गया था, जिसका प्राचीन नाम 'क्षौम' है। बनारस, तमिलनाडु और मगध राज्य उस काल में ऐसे प्रमुख केंद्र थे, जहाँ कपड़ा तैयार होता था।

मुगलों से पहले भारत के रंगे हुए कपड़ों का खासा प्रचलन था और इंग्लैंड के लोग भी उनसे अच्छी तरह परिचित थे। मुगल काल में थोड़े भारी डिजायनदार कपड़े प्रचलन में आए, जिनमें डिजायन स्पष्ट और अलग से उभरे हुए नजर आते थे। प्रायः सभी मुगल शासक सुंदर कपड़ों के शौकीन थे। जहाँगीर ने इस बात का वर्णन किया है कि उनके काल में अमीरों और विशिष्ट दरबारियों को तूश की शाल और अन्य सुंदर वस्त्र भेंट किए जाते थे। उन्होंने अपने बेटे शहरयार को आभूषण जटित अँगरखा भेंट किया था। सन 1617 में जहाँगीर ने एक नई और विशिष्ट पोशाक खोज निकाली जिसका नाम था, नादिरी। इससे पहले अकबर की पोशाक तूश की शाल ही थी। स्त्रियाँ और पुरुष जो भी पोशाक

धारण करते, उसमें गर्व, श्रेष्ठता और शाहीपन की झलक देखी जा सकती थी।

उस समय बनारस के खास तरह के जड़ाऊ वस्त्र नक्ष-बंध की भी खासी चर्चा थी और बेशकीमती कपड़े में उसकी गिनती होती थी, हालाँकि यह कला काफी पुरानी है। 'शतपथ ब्राह्मण' में भी इसका जिक्र मिलता है। बनारस में जायदानी कपड़े का प्रचलन था। बादशाह के पास पाँच सौ उम्दा कारीगर थे जो सीने से जड़ित पोशाकें तैयार करते थे। ये पोशाकें बेगमों और अमीरों को देने के लिए तैयार की जाती थीं।

भारतीय वैलवेट या शनील की भी उस समय खासी धूम थी। चमकते सिल्क और सुनहले धागे से बुने गए शनील वस्त्र इस दौर की खास उपलब्धि थी। गहरे चमकीले रंग और मुलायमियत इसकी खासियत थी। और सोने के तारों से इसका अलंकरण होता। शाही पोशाक में भी शनील का ही इस्तेमाल होता था। इसके अलावा इस दौर में सम्मान देने के लिए जो वस्त्र 'खिलित' प्रदान किया जाता था, उसमें भी मुख्य रूप से शनील का ही इस्तेमाल होता था।

भारतीय वैलवेट के उदाहरण इतिहास में भी बहुत मिलते हैं। मुगल काल में काफी उम्दा किस्म के शनील वस्त्र मिलते थे। नौवीं-दसवीं शताब्दी में लोग शनील से अच्छी तरह परिचित थे। ह्वेनसांग ने जिन कीमती वस्तुओं के उत्पादन का जिक्र किया है, उनमें कीमती कपड़ों का भी खास तौर से जिक्र मिलता है। उसने भारत के वस्त्रों का जिक्र करते हुए लिखा है कि एक ओर रुई से बनने वाले सूती वस्त्र काफी प्रचुरता से मिलते थे, तो दूसरी ओर शनील के वस्त्रों का भी प्रचलन था। 'आईने अकबरी' में भी शनील के वस्त्रों का जिक्र मिलता है।

पश्चिमी भारत में अहमदाबाद शनील वस्त्रों का प्रमुख केंद्र था। पर ये ज्यादा बढ़िया न होकर, अपेक्षाकृत हलके स्तर के थे। मुगल काल के वोइडेड वेलवेट को ज्यादा अच्छा माना जाता था, जिसमें साटिन का इस्तेमाल होता था। राजस्थान

के बही–खातों में कई तरह के शनील का वर्णन मिलता है। जयपुर संग्रहालयों में ये बही–खाते देखने को मिल सकते हैं। हालाँकि यह दिलचस्प बात है कि बाबर जब यहाँ आया, तो वह यहाँ के वस्त्रों से अधिक संतुष्ट न था। हाँ, उसका कहना था कि भारत में बड़ी संख्या में ऐसे निपुण कारीगर मौजूद हैं, जिन्हें सिखाया जाए तो वे उम्दा कपड़े बना सकते हैं।

बाबर की तरह हुमायूँ भी अच्छे कपड़ों का खासा शौकीन था। शेरशाह से पराजय के बाद उसे ईरान के बादशाह के यहाँ शरण लेनी पड़ी। तब उसे खूबसूरत कपड़ों को खासी विविधता में देखने का मौका मिला। अकबर का समय कई अन्य तरह की समृद्धियों की तरह, कपड़े के मामले में भी सचमुच शाही दौर था। उसके समय में शाही कारखानों में काम करने वाले निपुण कारीगरों की खासी संख्या थी। ये कारीगर पूरे भारत से यहाँ आते थे और अपने हुनर का परिचय देते थे। अकबर के समय तक वेलवेट गुजरात, लाहौर, पूर्वी भारत, बंगाल आदि स्थानों पर पाया जाता था। जहाँगीर ने इसका जिक्र किया है कि आसफ खान ने उन्हें शनील भेंट किया था। जहाँगीर के समय के शनील के नमूने जयपुर के संग्रहालय तथा राष्ट्रीय संग्रहालय में देखे जा सकते हैं। मुगल काल में आगे भी यह परंपरा चली। शाहजहाँ के दीवानेआम में जो परदे लटकाए जाते थे, वे भी सोने के अलंकरण वाले शनील के कपड़े ही थे।

सिलाई मशीन के आविष्कार के बाद कपड़ों के इतिहास में खासी क्रांति हुई। कपड़ों में न सिर्फ नए–नए डिजायन और आकर्षण आए, बल्कि सिले–सिलाए और या रेडीमेड कपड़े अब तेजी से बाजारों में पहुँचने लगे। और खासकर बच्चों ने खूब उत्साह से उनका स्वगत किया। यों भी बच्चों के लिए रेडीमेड वस्त्र खासकर उपयोगी हैं। कारण शायद यह है कि ये वस्त्र खेल–कूद में सुविधाजनक हैं। इनके साथ सुंदरता, फैशन, स्टाइल जैसी चीजें तो जुड़ी ही

हैं, साथ ही ये अपेक्षाकृत सस्ते भी हैं।

इस तरह कपड़े की हजारों वर्षों की कहानी ने बेशक कई तरह के आश्चर्यजनक स्टाइलों और सुंदरता की नित नवीन कल्पनाओं को जन्म दिया है, इसमें कोई शक नहीं। इसी तरह आधुनिक छोर पर खड़े होकर देखें, तो कपड़े की कहानी में भविष्य की कई नई दिशाओं को खुलता देखा जा सकता है। इनमें सबसे महत्वपूर्ण हैं आदमी के बनाए या कृत्रिम सूत से बने, नायलॉन पॉलिएस्टर, लिक्रा और गोरेटैक्स जैसे विविध किस्म के कपड़े। इन्होंने आधुनिक आदमी के जीवन को पूरी तरह बदल दिया और बेशक ये कपड़े की भविष्य की कहानी में बड़ी भूमिका निभाएँगे। कोई आश्चर्य नहीं कि आगे चलकर ऐसी सैनिक पोशाकें बनाई जाने लगें, जिन पर गोली का असर न हो या जो घावों को विषाक्त होने से रोकें और जल्दी ठीक कर दें। ऐसे स्मार्ट कपड़े भी बन सकते हैं जो अदृश्य हों या फिर उनमें ऐसी चिकित्साशास्त्रीय या वैज्ञानिक खासियतें हों, जो मनुष्य को बीमार होने से बचाएँ।

पॉलिएस्टर ऐसा वस्त्र है जिसका धागा बहुत बारीक, लेकिन बहुत मजबूत होता है। ये ऐसे वस्त्र हैं जिन्हें धोकर तत्काल पहना जा सकता है। नायलॉन के साथ इसका इस्तेमाल इसे कहीं अधिक उपयोगी बना सकता है। नायलॉन का आविष्कार सन 1938 में हुआ। यह ऐसा कपड़ा है, जिसमें लचीलापन अधिक, लेकिन द्रव को सोखने की क्षमता काफी कम है। इसीलिए यह बहुत जल्दी सूख जाता है।

बाद में चलकर ऐसे कपड़े भी बनाए गए, जिनमें नायलॉन और पॉलिएस्टर दोनों का मिश्रण था, लिहाजा जिनमें दोनों के गुण देखे जा सकते थे। यों कृत्रिम धागा सबसे पहले 1855 में बनाया गया। स्विट्जरलैंड के वैज्ञानिक ने इसे बनाया, तो सारी दुनिया चकित रह गई। इसे अपने दौर की एक बड़ी क्रांतिकारी

खोज माना गया। इसके बाद भी कपड़े को लेकर नई–नई खोजें चलती रहीं। 188 में एक अंग्रेज रसायनशास्त्री सर जोजेफ डब्ल्यू स्वान ने ऐसा धागा बनाया, जिसने विद्युत के अनुसंधान में खासा योगदान दिया। उसने जो कृत्रिम धागा बनाया, उससे बने कपड़े का एडीसन के लैंप में फिलामेंट के रूप में इस्तेमाल हुआ। फिर बीसवीं शताब्दी में तो कृत्रिम कपड़ों की एक से एक निराली किस्में सामने आती चली गईं। सन 1910 में रेयन, 1938 में नायलॉन और 1853 में पॉलिएस्टर की खोज हुई।

वैसे सबसे पहले कृत्रिम रेशम तैयार करने का श्रेय फ्रांसीसी रसायनशास्त्री काउंट हिलेरी डा चारडोनेट को जाता है। 1889 में कृत्रिम रेशम ईजाद किया गया, जिसने पेरिसक प्रदर्शनी में खासी सनसनी मचा दी। कुछ साल बाद रेयॉन की खोज हुई। इसीलिए उन्हें 'रेयॉन उद्योग के पिता' कहा जाता है। बाद में कृत्रिम रेशम बनाने के प्रयत्न अमरीका में हुए, तो सभी का ध्यान उनकी ओर गया। 1910 में रेयॉन की खोज हुई। इसका उत्पादन अधिक पैमाने पर किया जा सकता था और यह काफी सस्ता भी था।

यों नायलॉन के आविष्कार ने भी कम सनसनी नहीं फैलाई। देखा जाए तो नॉयलान एक जादुई धागा है। सन 1931 में अमरीकी रसायनशास्त्री वैलेक कैरोर्थ पोलीमर्स पर रिसर्च कर रहे थे। नॉयलान के आविष्कार ने कपड़ा उद्योग में क्रांति कर दी। महिलाओं के हौजरी वस्त्रों में इसका व्यापक रूप से उपयोग हुआ। मिलिट्री में पैराशूट आदि में इसका उपयोग हुआ। इसके अलावा रस्सी के टैंटों तथा अच्छे किस्म का कागज बनाने में भी इसका उपयोग हुआ।

युद्ध के बाद का सबसे मुख्य उद्योग हौजरी ही है, जिसमें सबसे अधिक नॉयलान का इस्तेमाल होता है। इसी तरह कृत्रिम धागों में एक्रेलिक पॉलिएस्टर का भी खासा इस्तेमाल हुआ। इसकी लोकप्रियता का सबसे बड़ा कारण इसके

साथ चल पड़ा यह नारा या विज्ञापन ही था कि यह कपड़ा 'वाश एंड वीयर' किस्म का है, यानी धोओ और फटाफट पहनो। जाहिर है, इससे एक्रेलिक कपड़ों को लेकर एक आंदोलन ही शुरू हो गया, जिसने सूती कपड़ों को काफी कुछ पछाड़ दिया। छठे-सातवें दशक में पॉलिएस्टर अधिक से अधिक लोकप्रिय हुआ। उसका मुख्य कारण यही था कि इसे धोने पर सलवटें नहीं पड़ती थीं। सूती कपड़े की तुलना में यह ज्यादा मजबूत, आरामदायक और स्टायलिश भी था।

इधर के कुछ बरसों में कपड़े की दुनिया में नए से नए आविष्कार हुए हैं। अमरीका के अंतरिक्ष-अभियान में अंतरिक्ष-यात्रियों के कपड़े इसी तरह ईजाद हुए। चंद्रयात्री नील आर्मस्ट्रांग के कपड़े नायलॉन की कई परतों का ही था। यही नहीं, बल्कि अंतरिक्ष-यान को अंतरिक्ष में भेजने के लिए उनके नोजल्स में 3 हजार पाउंट कार्बोनाइज्ड रेयन का इस्तेमाल हुआ था। यों कृत्रिम सूत से ईजाद हुए नए ढंग के कपड़े आज सुरक्षा तथा ऊर्जा दोनों ही लिहाज से अपनी उपयोगिता साबित कर रहे हैं।

मजे की बात यह है कि हजारों बरस पुरानी कपड़े की कहानी में आज भी नए-नए आविष्कारों के जरिए नए-नए रंग-रूप प्रकट हो रहे हैं। बिना बुने या बिना सिए पहने जा सकें, रंग-रंग के ऐसे कपड़ों ने सचमुच मनुष्य का जीवन आमूल-चूल बदल दिया है और उसमें हैरतअंगेज दृश्य जोड़ दिए हैं। इसके साथ ही यह कम आश्चर्य की बात नहीं कि सूती कपड़े का महत्व अभी तक बरकरार है। इससे पता चलता है कि नए और पुराने का बढ़िया तालमेल मनुष्य की दुनिया में कुछ ऐसा ताना-बाना रचता चलता है कि उसमें आज भी नई-नई छवियाँ नजर आती हैं और भविष्य में भी वे इसी तरह मनुष्य को आनंदित करती रहेंगी।

यहीं कपड़ा उद्योगों से जुड़ी एक अत्यंत महत्वपूर्ण बात का जिक्र किया जा सकता है और वह यह कि कपड़ा उद्योगों के साथ ही सारी दुनिया में औद्योगिक क्रांति की शुरुआत हुई थी। जाहिर है, कपड़े के नए-नए रंगों, छटाओं से भरी कहानी ने मनुष्य के जीवन और इतिहास को बदलने में एक बड़ी भूमिका निभाई है। मगर कपड़े की कहानी यहीं खत्म नहीं होती। उम्मीद है कि मनुष्य सभ्यता के विकास के साथ-साथ उसमें और भी नए-नए अलमस्त रंगों, छवियों और कला का आनंद आएगा।

4
कहानी पेंसिल की

आज भला कौन बच्चा होगा जो पेंसिल को न जानता हो। हर बच्चे के बस्ते में रखी जरूरी चीजों में पेंसिल सबसे बढ़कर है।

पेंसिल से लिखना बहुत आसान है, क्योंकि इसमें पेन की तरह बार-बार स्याही भरने का झंझट नहीं है। इसलिए छोटी कक्षाओं में बच्चे अकसर पेंसिल से ही लिखते हैं। पेंसिल के साथ रबर और शार्पनर हो, बस फिर तो मजा ही आ जाता है। जब पेंसिल का सिक्का घिसकर थोड़ा मोटा होने लगे, तो शार्पनर से उसे पतला और तीखा बना लो। फिर मजे से लिखो।

लिखते-लिखते कुछ गलती हो गई? कोई बात नहीं। रबर से झटपट मिटा लो। अब जहाँ मिटाया है, वहाँ फिर से लिख लो। यही तो है पेंसिल का जादू। इसी वजह से बच्चे पेंसिल को सबसे ज्यादा पसंद करते हैं।

और ड्राइंग में तो बगैर पेंसिल के काम चलता ही नहीं है। ज्यादातर चित्रकार जो कुछ बनाना हो, पहले पेंसिल से उसकी रफ आकृति बना लेते हैं। फिर रंग भरकर जब वे अपनी ड्राइंग तैयार करते हैं, तो देखने वाले हैरान रह जाते हैं। पर कोई चित्रकार पेंसिल को नहीं भूलता, जिसके कारण यह अनोखी कृति बन पाती है। हालाँकि पेंसिल की कहानी बहुत पुरानी नहीं है।

करीब छह सौ वर्ष पहले जर्मनी में ग्रेफाइट की चट्टानें मिलीं। इनका कोई टुकड़ा लेकर कागज या पत्थर पर लिखा जाता, तो निशान या लकीरें बन जातीं। इसके कोई डेढ़ सौ साल बाद इंग्लैंड में शुद्ध ग्रेफाइट की चट्टानें मिलीं। पहले गड़रियों को इनका पता चला। वे ग्रेफाइट का टुकड़ा लेकर अपनी भेड़ों पर निशान लगा देते। इससे उन भेड़ों की अलग से पहचान हो जाती थी।

तभी कुछ वैज्ञानिकों को पेंसिल बनाने का खयाल आया, जो लिखने में काम आ सके। इन पेंसिलों को खोखली लकड़ी में फँसाकर तैयार किया जाता था। शुरू में बड़ी बेडौल पेंसिलें बनती थीं। पर धीरे-धीरे उनमें निखार आता गया।

सत्रहवीं शताब्दी में ग्रेफाइट बनाने और लकड़ी के खोल में डालकर पेंसिल बनाने की कला विकसित हो चुकी थी। फ्रांस के निकोलस जेटकांते और आस्ट्रेलिया के जोजफ हड्र्थमुथ ने सबसे पहले पेंसिल बनाने में कामयाबी हासिल की।

और अब तो इतनी सुंदर पेंसिलें बनती हैं कि बच्चे उन्हें पाने के लिए मचल उठते हैं। ऐसी पेंसिलें जिन पर सुंदर-सुंदर बच्चों के हँसते-खेलते चित्र होते हैं। कुछ पर पक्षियों और जानवरों के भी चित्र होते हैं। कुछ पर अ-आ-इ-ई और ए-बी-सी-डी लिखी होती है। फिर वे इतनी रंग-बिरंगी होती हैं कि उन्हें हाथ में लिए बगैर चैन ही नहीं पड़ता।

असल में पेंसिल का बच्चों से बेहद लगाव है, इसलिए बच्चों की रंग-बिरंगी दुनिया में आकर वह खुद भी रंग-बिरंगी हो गई। है न मजे की बात!

आज लाल, नीली, पीली, हर रंग की पेंसिलें मिलती हैं। उन्हें छीलकर लिखिए या चित्र बनाइए। पेंसिल हर बार आपको कुछ न कुछ नया करने के लिए आमंत्रित करती हैं। इसीलिए तो बच्चों की सबसे प्यारी चीजों में एक है पेंसिल, जिसकी कहानी सचमुच मजेदार है।

5
कहानी कार की

यों तो कार की कहानी ज्यादा पुरानी नहीं है। 19वीं शताब्दी में कारों के आविष्कार की लगातार एक के बाद एक कोशिशें और गहमा-गहमी दिखाई देती है और सन 1885 में वह कार सड़कों पर दौड़ती नजर आई, जो आज के युग की कारों से काफी कुछ मिलती-जुलती थी। इस लिहाज से उन्नीसवीं शताब्दी को अगर कोई 'कार के जन्म की सदी' कहे तो कुछ ताज्जुब न होगा। लेकिन कार का आविष्कार किसने किया? इस बारे में कोई एक नाम लेना शायद ठीक न होगा। सच तो यह है कि एक साथ कई मुल्कों के लोगों ने अपनी कल्पनाशीलता, सूझ-बूझ और तकनीकी ज्ञान से इसमे कुछ न कुछ नया जोड़ा और नए-नए सुधार किए। आखिर उन्नीसवीं सदी के अंत में हमें कार का वह रूप दिखाई दिया, जिसकी तुलना आज हवा में तेजी से दौड़ती, चमचमाती, आरामदायक कारों से किसी हद तक की जा सकती है।

पर कारों की कहानी सिर्फ उन्नीसवीं शताब्दी से शुरू नहीं हुई। इसका इतिहास पुराना, बहुत पुराना है। सच तो यह है कि आज से कोई छह हजार साल पहले जब आदमी ने पहिए का आविष्कार किया, तो उसके मन में यह ऊहापोह जरूर थी कि क्या कोई ऐसी चीज बनाई जा सकती है जिससे जीवन

में तेज रफ्तार आए और भार उठाने में आसानी हो। इसी कशमकश और खोज की बेचैनी का नतीजा पहिए का आविष्कार था जिससे मनुष्य का जीवन आमूल-चूल बदल गया और सभ्यता की शुरुआत हुई। और फिर स्वभाविक रूप से, जल्दी ही बैलगाड़ी भी बनी। यानी एक ऐसा वाहन जो पहिए के इस्तेमाल के कारण काफी तेजी से चल सकता था और जिससे काफी वजन आसानी से ढोकर एक जगह से दूसरी जगह ले जाया जा सकता था। जाहिर है, बैलगाड़ी में बैलों की जरूरत थी जो बैलगाड़ी को आगे खींचते थे, लेकिन पहिए के बिना बैलों की मदद से बैलगाड़ी को आगे खींचना आसान नहीं था। पहिए से न सिर्फ तेजी आती थी, बल्कि भार खींचना आसान भी था। लिहाजा बैलगाड़ी में बैल और पहिए दोनों की लगभग बराबर भूमिका था। कई जगह बैलगाड़ियों की तर्ज पर घोड़ा-गाड़ियाँ, ऊँट-गाड़ियाँ और खच्चर-गाड़ियाँ भी दिखाई पड़ने लगीं। पर इन सबमें एक बात समान थी कि इन गाड़ियों में पहिए का इस्तेमाल होता था और उसे खींचने का काम जानवर करते थे।

लेकिन साथ ही, लंबे अर्से से आदमी के मन और मस्तिष्क में यह विचार तेजी से पनपता नजर आया कि क्या ऐसा नहीं हो सकता कि इन बैलगाड़ियों, घोड़ागाड़ियों आदि में गाड़ी खींचने का काम पशुओं से न लिया जाए और ये गाड़ियाँ खुद-ब-खुद चलें। तेरहवीं सदी में अंग्रेज दार्शनिक और वैज्ञानिक रोजर बेकन ने कहा कि ऐसी कारें निश्चित रूप से चलाई जा सकती हैं जिन्हें खींचने का काम पशुओं को न करना पड़ा और इनकी गति भी आश्चर्यजनक रूप से तेज हो सकती है। साथ ही रोजर बेकन ने इस बात की भी चर्चा की कि प्राचीन काल में इस तरह के वाहन थे। हालाँकि ये वाहन किस तरह की ऊर्जा से चलते थे, रोजन बेकन को इसका कुछ अंदाजा न था। यूनानी मिथक कथाओं और भारतीय पौराणिक कथाओं में भी देवताओं के ऐसे वाहनों की चर्चा है जो खुद-

ब-खुद चलते थे। पर सवाल तो व्यावहारिक रूप से उनके निर्माण का था।

जाहिर है, यह काम आसान नहीं था और विज्ञान की जटिल तकनीकों और नए से नए आविष्कारों के जरिए ही उसे पूरा किया जा सकता था। कार के आविष्कार और उसे आधुनिक समय के मुताबिक एकदम नए कलेवर और आधुनिक रूप तक आने के पीछे भी, देखा जाए तो विज्ञान की इन तकनीकों और एक से एक नए आविष्कारों की एक लंबी शृंखला नजर आती है।

कारों की कहानी में पहला मोड़ चौदहवीं सदी में नजर आता है, जब बिना किसी पशु की मदद के, तेज गति से चलने वाली कारों की वैज्ञानिक आधार पर कल्पना की गई। ये एक तरह से हवा से चलने वाली कारें थीं। इस तरह के पहले वाहन की कल्पना 1335 में इटली के गायडो द विगेवानो ने की थी और इसका आधारभूत ढाँचा किसी पवन-चक्की जैसा था। बाद में मार्टिनी और प्रसिद्ध चित्रकार लियोनार्डो द विंसी ने भी ऐसी एक तिपहिया कार की कल्पना की, जिसका ढाँचा इससे कुछ भिन्न तरह का था। हालाँकि ये सिर्फ कल्पनाएँ भर थीं। इस तरह की कारें बन नहीं पाईं।

पवन-चक्की के आधार पर ही पुर्तगाल के लोगों ने सन 1600 के आसपास एक ऐसा वाहन बनाया, जिसमें कई लोग बैठ सकते थे और जो बीस मील प्रति घंटा की चाल से चलता था। हालाँकि इसमें मुश्किल यह थी कि हवा की गति हमेशा एक जैसी नहीं रहती और कम हवा में इसे चला पाना मुश्किल था। इसके बाद सत्रहवी शताब्दी में एक फ्रांसीसी जैकस डी वॉकनसन ने एक ऐसा वाहन बनाया जो एक विशाल घड़ी की बनावट के आधार पर निर्मित किया गया था। पर इसमें भी मुश्किलें आईं। किसी घड़ी की सूइयों पर सवारियों के बैठ जाने पर उस पर पड़ने वाले भार के कारण वाहन का चल पाना मुश्किल था। लिहाजा यह कोशिश भी ज्यादा कामयाब नहीं रही। इसके अलावा कहा जाता है कि

सत्रहवीं शताब्दी में, सन 1678 में फादर फर्डीनेंड वर्बिएस्ट नाम के एक पादरी ने चीन के राजा चाइ एन लुंग के लिए भाप से चलने वाली एक कार बनाई थी। पर इस बारे में अधिक जानकारी आज उपलब्ध नहीं है।

कारों की कहानी में दूसरा बड़ा मोड़ तब आया, जब भाप से चलने वाली कारों की खोज शुरू हुई। अठारहवीं शताब्दी की शुरुआत में भाप का इंजन बना लिया गया था, जो सुरंगों से पानी निकालने के काम में इस्तेमाल किया जाता था। हालाँकि यह बहुत अधिक सफल नहीं था। बाद में चलकर जेम्स वाट ने भाप से चलने वाला बेहतर और प्रभावशाली इंजन बनाया था और उसे सफलतापूर्वक प्रदर्शित और इस्तेमाल भी किया था। पर खास बात यह थी कि सन 1860 में प्रसिद्ध वैज्ञानिक सर आइजक न्यूटन ने यह विचार प्रकट किया कि अगर ऐसे इंजन को किसी वाहन से जोड़ा जाए, तो भाप के दबाव से चलने वाली गाड़ी बनाई जा सकती है। फिर इसी आधार पर रेलगाड़ी बनी और चलाई गई। हालाँकि साथ ही इस तरह की कोशिशें भी शुरू हुईं कि इसी सिद्धांत पर छोटी-छोटी कारें बनाई जाएँ, जो बिना पटरियों के सड़कों पर दौड़ सकें। कई देशों के वैज्ञानिकों ने अपने-अपने ढंग से इस दिशा में काम करना शुरू किया और भाप से चलने वाली कारों के कई किस्म-किस्म के मॉडल सामने आने लगे।

बिना किसी पशु की मदद के, अपने आप चलने वाली पहली कार फ्रांस के सैन्य अधिकारी निकोलस कुग्नॉट ने अठारहवीं शताब्दी के सातवें दशक में, सन 1769 में बनाई थी। इस गाड़ी की चाल आज की कारों को देखते हुए तो बहुत कम थी। पर अपने समय में गाड़ी की इस चाल को भी खास समझा गया। निकोलस कुग्नॉट द्वारा बनाई गई कार की गति थी छह किलोमीटर प्रति घंटा। इस कार के साथ मुश्किल यह थी कि यह बीच-बीच में रुकती थी और इसे

बार–बार फिर से चलाना पड़ता था। यों भी हर बीस मिनट बाद इसे रोकना जरूरी था, ताकि भाप का फिर से दबाव बनाया जा सके। निकोलस कुग्नॉट की इस कार में उस समय केवल चार सवारियाँ बैठी थीं। कुग्नॉट खुद अपने द्वारा बनाई गई कार की इस गति से संतुष्ट नहीं था। लिहाजा उसने कुछ नए प्रयोग किए और जल्दी ही भाप से चलने वाली एक कार बनाई, जिसकी गति इसकी तुलना में काफी अधिक थी। नतीजा यह हुआ कि कार इतनी तेजी से भागी कि एक दीवार से जोरों से टकरा गई। यह विश्व इतिहास में पहली कार–दुर्घटना थी। कुग्नॉट के भाप से चलने वाले इंजन के साथ सबसे बड़ी मुश्किल यह थी कि यह बहुत भारी, सुस्त और बेडौल था जिसे सँभालना आसान नहीं था।

भाप से चलने वाले इंजन का सबसे बड़ा दोष यह था कि यह बहुत भारी और असुविधाजनक था और उसे रेल की पटरियों पर ही सफलतापूर्वक चलाया जा सकता था। सड़कों पर हर जगह इस तरह की लोहे की पटरियाँ बनाना मुश्किल काम था। इसलिए इस बात की कोशिशें भी जारी थी कि भाप के भारी और असुविधाजनक इंजन के बजाए किसी और तरह की ऊर्जा से चलने वाले इंजन की खोज की जाए। इसलिए उन्नीसवीं शताब्दी में अपेक्षाकृत हलके और सुविधाजनक इंजनों की खोज का सिलसिला चल पड़ा, जिससे वाहन को आसानी से चलाया जा सके। साथ ही इसके लिए रेल की पटरियों की जरूरत न हो। इसके बाद जो इंजन बने, वे लगभग रेलगाड़ियों के भाप इंजन की तरह के ही थे। बस, उनके लिए रेल की पटरियों की जरूरत नहीं थी, पर व्यावहारिक रूप से ये बहुत ज्यादा कामयाब नहीं थे।

2

इसके बाद उन्नीसवीं शताब्दी में तो कारों के रूप और उसकी तकनीक में

एक से एक नए-नए सुधारों और नए-नए आविष्कारों का एक लंबा सिलसिला ही चल निकला। अनेक लोग अपनी सूझ, नए-नए प्रयोगों और कल्पनाशीलता से उसमें अपने-अपने ढंग से योगदान कर रहे थे। सन् 1807 में फ्रेंकॉइस इसाक डी रिवाज ने बिलकुल नए ढंग के इंजन के जरिए कार को चलाने की कोशिश की। वह इंजन जिसे आज हम 'आंतरिक दहन इंजन' (इंटरनल कंबस्शन इंजन) के नाम से जानते हैं। इसमें कुछ गैसों के दहन से प्राप्त ऊर्जा गति या काम में बदल जाती है। अभी तक ईंधन को इंजन के बाहर जलाया जाता था। आंतरिक दहन इंजन की खासियत यह थी कि इसमें ईंधन को बाहर न जलाकर इंजन में ही उसका दहन होता था, जिससे प्राप्त ऊर्जा पिस्टन को आगे बढ़ाती थी। जाहिर है, इस तरह के इंजन में ऊर्जा का बेहतर इस्तेमाल होता था और ये कहीं अधिक प्रभावी थे। फ्रेंकॉइस ने इस तरह के इंजन से चलने वाला पहला वाहन बनाया, जिसमें हाइड्रोजन और ऑक्सीजन गैसों के मिश्रण से ऊर्जा हासिल की जाती थी।

लेकिन कार की कहानी का सबसे महत्वपूर्ण और रोमांचक मोड़ अभी आना बाकी था, जिससे एक नए युग-परिर्वतन की नींव रखी जा रही थी। यह नया युग था पेट्रोल से चलने वाली कारों का युग, जिसके बाद कारों की गति और रूप में एक के बाद एक इतने परिवर्तन होते गए कि देखने वाले हैरान रह गए।

इसके बाद तो इस नए ढंग के इंजन को लेकर नए-नए प्रयोगों की अनंत संभावनाएँ खुल गईं। कोशिशें की जा रही थीं कि ऐसी कार बनाई जा सके जो आरामदायक हो, जिसमें ज्यादा झटके न लगे और चलते-चलते अचानक कहीं बीच में रुक न जाए। साथ ही जिसे चलाना और रोकना ज्यादा मुश्किल काम न हो। जाहिर है, यह आम लोगों की कार की सुविधा देने की पहली ऐतिहासिक कोशिश थी, जिसने व्यावसायिक रूप से कारों के निर्माण के लिए दरवाजे खोल

दिए। अब चिंताएँ इस बात की थीं कि ऐसी कार कैसे बनाई जाए, जिसके निर्माण पर कम लागत आए, जिसे चलाना ज्यादा मुश्किल न हो और जो कम दामों में ज्यादा से ज्यादा लोगों तक पहुँचाई जा सके। सन 186 में ऐसी कार बनकर तैयार हुई, जिसे जीन जोसेफ एटिन लेनॉयर ने बनाया था। इस कार में जो इंजन लगाया गया, वह गैस से चलने वाला दो आघात वाला इंजन था। इसके कुछ वर्ष बाद सन 1862 में जोसेफ ने गैस से चलने वाली एक और कार ईजाद की, जो तीन किलोमीटर प्रति घंटे की चाल से चलती थी। ये कारें बहुत जल्दी लोकप्रिय हो गईं और 1865 में वे सड़कों पर नजर आने लगीं। लगभग इसी समय एल्फोंस बीयर डी रोचस, मैकलेन बर्ग और सिगफ्राइट मार्कस ने अपने-अपने प्रयोगों से कार की कहानी में कुछ दिलचस्प अध्याय जोड़े।

लेनॉयर ने बताया कि उसने कार चलाने के लिए बेंजीन का इस्तेमाल किया था, इसीलिए उससे चिंगारियाँ निकली थीं। इस लिहाज से पेट्रोल या पेट्रेलियम से चलने वाला पहला इंजन बनाने का श्रेय लेनॉयर को ही देना होगा। और यह एक ऐसी शुरुआत थी जिसने कार के आविष्कार की कहानी में एक नया अध्याय जोड़ दिया। इसके बाद तो कार दिनोदिन न सिर्फ लोकप्रिय होती गई, बल्कि वह यात्रा के लिए एक सुरक्षित वाहन समझी जाने लगी। साथ ही उसमें एक के बाद एक नए प्रयोगों और सुधारों का सिलसिला ही चल पड़ा। कहा जा सकता है कि आज जो कारें सड़कों पर दौड़ती नजर आती हैं, उनकी कहानी लेनॉयर द्वारा बनाई गई इसी कार से शुरू होती है।

पर कारों के आविष्कार में एक बड़ी छलाँग सन 1885 में दिखाई दी, जब गैस से चलने वाले चार आघात वाले इंजन का अविष्कार किया गया। दो धुनी लोगों गोटिलेव डेमिलर और निकोलस ऑटो ने मिलकर इस तरह का इंजन बनाने की कोशिशें कीं, ताकि ऐसी कारें बनाई जा सकें जो ज्यादा गति से चलें

और लोगों के लिए काफी सुविधाजनक हों। ज्यादा से ज्यादा लोग उनका उपयोग कर पाएँ। कुछ समय बाद इन दोनों ने अलग होकर अलग-अलग ढंग से अपना काम करना शुरू किया। डेमिलर ने अपना एक नए ढंग का इंजन बनाया जो कि कारों के साथ-साथ चार पहिए वाले भारी वाहनों को भी खींच सकता था। इन वाहनों को घोड़े की बजाय डेमिलर द्वारा बनाए गए इंजन से बड़ी आसानी से चलाया जा सकता था। सन 1885 में गोटिलेब डेमिलर ने चार पहिए वाली लकड़ी की मोटर साइकिल बनाई। उसके बेटे पॉल ने इसी मोटर साइकिल पर 10 नवंबर 1885 को यात्रा की थी। इससे कुछ महीने पहले कार्ल वेंज भी इसी ढंग की अपनी तिपहिया कार बना चुके थे, जिसे सचमुच 'आधुनिक कार' कहा जा सकता है। और इस पर उन्होंने 60 मील लंबी यात्रा की थी। हालाँकि यह अचरज की बात है कि लगभग एक ही समय अपने-अपने ढंग से कार ईजाद करने वाले ये दो धुनी वैज्ञानिक आपस में मिले नहीं थे। लेकिन एक ही दिशा में दोनों की कोशिशें जारी थी। सन 1891 में डेमिलर ने व्यासायिक रूप से कारें बनाने के लिए डेमिलर मोटर कंपनी की स्थापना की जो पेट्रोल इंजन बनाती थी। इन पेट्रोल इंजनों का कारों तथा कुछ अलग तरह के भारी वाहनों में भी इस्तेमाल किया जाता था।

इधर भाप से चलने वाले इंजनों में नए-नए सुधार करके उन्हें अधिक सुविधाजनक रूप देने की कोशिशें भी जारी थी। सन 1871 में डा. जे.डब्ल्यू. कारहार्ड ने भाप से चलने वाली कार बनाने में कामयाबी हासिल की। एक दिलचस्प बात यह थी कि सन 1878 में कारों को लोकप्रिय बनाने के लिए दो सौ मील लंबी एक रोमांचक दौड़-प्रतियोगिता हुई थी, जिसमें सात प्रतियोगियों ने हिस्सा लिया था। इस प्रतियोगिता में ग्रीन बे कार सबसे तेज साबित हुई। पर अफसोस, वह बीच में ही टूट गई और ओशकोश कार ने यह प्रतियोगिता जीत

ली। ओशकोश कार की गति छह मील प्रति घंटा थी। इसके बाद तो हलके और सुविधाजनक भाप इंजनों को बनाने की ताबड़तोड़ कोशिशें हुईं। ऐसे इंजन जिनका कारों में आसानी से इस्तेमाल किया जा सके। इनमें से कुछ को छिटपुट सफलता मिली तो बहुतेरे नाकाम भी रहे।

3

लेकिन कार की कहानी में सबसे बड़ा नाटकीय मोड़ हेनरी फोर्ड नाम के एक धुनी व्यक्ति द्वारा इस क्षेत्र में आने के बाद दिखाई पड़ता है। हेनरी फोर्ड ने तय कर लिया था कि वे ऐसी कार बनाकर दिखाएँगे जो केवल अमीर लोगों का शौक पूरा करने के लिए या 'अमीरों के खिलौने' की तरह न हो, बल्कि जो आम लोगों के लिए खासी सुविधाजनक तथा सस्ती हो। उन्होंने उस समय बनाए जा रहे तमाम तरह के इंजनों को गौर से देखा, उनकी कमियों को समझा और उन्हें दूर करने की अपने ढंग से कोशिशें की। सन 1896 में हेनरी फोर्ड की कार बनकर तैयार हो गई। यह चार पहियों वाली आधुनिक दुनिया की पहली कार थी। एक ऐसी कार जिसमें ऐसा इंजन फिट था जो कि गैस के दो सिलेंडरों के जरिए चलता और अपना काम करता था। हेनरी फोर्ड दूरदर्शी व्यक्ति थे और बड़ी तेजी से इस बारे में सोच रहे थे कि कारों का व्यावसायिक स्तर पर निर्माण कैसे किया जाए, जिससे उन पर लागत कम से कम आए और वे कम दामों में आम लोगों तक पहुँचाई जा सकें।

इसी उद्देश्य से हेनरी फोर्ड सन 1903 में अपनी विश्वविख्यात फोर्ड मोटर कंपनो की स्थापना की और सन 1908 में अपना एक खास तरह का वाहन मॉडल टी-फोर्ड बनाया। इसकी खासियत यह थी कि इस कार के पुर्जों का पूरी तरह मानकीकरण कर दिया गया था। इससे पहले व्यावसायिक स्तर पर कार के

निर्माण में सबसे बड़ी मुश्किल यह थी कि हर कार के पुर्जे एकदम अलग किस्म के होते थे। इसलिए एक पुर्जा टूटने या खराब हो जाने पर उसकी जगह लगाने के लिए कोई दूसरा पुर्जा आसानी से नहीं मिलता था। कार खरीदने और चलाने वालों को भी यह समस्या झेलनी पड़ती थी। फोर्ड ने इस समस्या के बारे में बहुत गहराई से विचार किया और कार में लगने वाले पुर्जों का मानकीकरण करके, मॉडल-टी फोर्ड नाम से ऐसी कार बनाई जिसकी बहुत आसानी से मरम्मत की जा सकती थी। लिहाजा इसे चलाने वालों को ज्यादा परेशानी का सामना नहीं करना पड़ता था।

शायद यही वजह है कि जल्दी ही हेनरी फोर्ड की मॉडल-टी कार की सब ओर धूम मच गई और इसकी लोकप्रियता ने पिछले सारे रिकार्ड तोड़ दिए। लोग प्यार से इसे 'टिन-लिजी' कहकर पुकारते थे। पर हेनरी फोर्ड यहीं आकर रुके नहीं। कार को ज्यादा से ज्यादा सुविधाजनक रूप-आकार तथा उसके इंजन को ज्यादा से ज्यादा मुकम्मल बनाने की उनकी कोशिशें निरंतर जारी रही। इससे कार-निर्माण की दिशा में एक नई क्रांति हुई। कार न सिर्फ ज्यादा से ज्यादा सुविधाजनक सवारी बनती चली गई, बल्कि वह सिर्फ अमीरों की ही नहीं, बल्कि बड़ी संख्या में आम लोगों द्वारा भी पसंद की जाने लगी। बेशक इसके साथ ही साथ कार की गुणवत्ता को लेकर निरंतर सुधार भी होते रहे और उसकी चाल या गति भी उसी क्रम से हमें बढ़ती दिखाई देती हैं।

हेनरी फोर्ड की खासियत यह थी कि मशीनों से उन्हें सच्चा प्रेम था और किसी भी मशीन को वह देखते तो उसकी कमियों या कमजोरी को पहली नजर में ही भाँप लेते थे। फिर उनकी कोशिश होती कि मशीन की इस कमजोरी को कैसे दूर किया जाए और निरंतर कोशिशों के बाद वह उसे पूर्णता देने में आखिर कामयाब हो ही जाते थे। मसलन जब पहली उन्होंने अपने समय में बने इंजनों

पर गौर किया तो उनका ध्यान इस बात पर गया कि ये इंजन बड़ी जल्दी गरम हो जाते हैं। फिर इनका काम करना मुश्किल हो जाता है। हेनरी फोर्ड ने सोचा कि कोई ऐसा तरीका आजमाना चाहिए जिससे ये इंजन ज्यादा गरम न हों। लिहाजा उन्होंने इंजन के ऊपर पानी की टंकी रखने का इंतजाम किया और इससे सचमुच इस समस्या से निबटारा पा लिया गया। इस तरह पहले रेडिएटर के आविष्कार का श्रेय भी हेनरी फोर्ड को ही जाता है।

4

हेनरी फोर्ड एक धुनी आविष्कारक तो थे ही, वे खासे व्यावहारिक और समझदार भी थे। यही वजह है कि वे बहुत जल्दी एक सामान्य इंजीनियर से खासे धनपति बन गए। शुरू-शुरू में पुराने पुर्जों को जोड़ बटोरकर उन्होंने एक ऐसी चार पहियों वाली कार बनाने में सफलता हासिल कर ली, जिसे आज हम 'क्वाड्री साइकिल' के नाम से जानते थे।

यह चार पहियों वाली एक हलकी-फुलकी कार थी, जिसमें आगे की तरफ बैठने के लिए साइकिल वाली गद्दी लगी थी। इसमें कोई ब्रेक नहीं था, कोई रिवर्स गेयर भी नहीं था। फोर्ड की यह निराली कार या तो 16 किलोमीटर प्रति घंटे की चाल से चल सकती थी या फिर 32 कि.मी. प्रति घंटे की चाल से। इस वाहन को मोड़ने के लिए इसमें एक डंडा लगा होता था, जिसे कार चालक को अपने हाथे में पकड़ना होता था जिसके जरिए कार को मोड़ा जा सकता था। सड़क पर चलने वाले पैदल यात्रियों को सावधान करने के लिए इसमें एक घंटी भी लगी होती थी जो लगातार बजती ही रहती थी। कार चलाते समय हेनरी फोर्ड को अपने एक मित्र की मदद भी लेनी पड़ी, जो डंडा लेकर कार के आगे-आगे दौड़ता था, ताकि भीड़ तितर-बितर हो जाए और कार आसानी से अपने

रास्ते पर चलती रहे।

पर हेनरी फोर्ड की इस कार के साथ भी खासी मुसीबतें भी जुड़ी हुई थीं। इसमें सबसे बड़ी मुसीबत तो तब आई, जब सड़कों पर इसके परीक्षण का वक्त आया। ऐसे समय बगैर घोड़े से चलने वाली इस अनोखी कार को देखने के लिए इतने लोग भीड़ की शक्ल में इकट्ठे हो जाते कि हेनरी फोर्ड झुँझला उठते थे। दूसरी आफत यह थी कि इस अजीबोगरीब कार को सड़कों पर दौड़ती देखकर घोड़ा-बग्घियों के घोड़े बुरी तरह बिदक जाते थे और तब एक ओर घोड़ों और दूसरी ओर इस कार को सँभालना बड़ा मुश्किल काम होता था। इन सब परेशानियों से ऊबकर हेनरी फोर्ड को सरकार से अनुरोध करना पड़ा कि वह उन्हें दिन में नहीं, रात में अपनी कार के परीक्षण की इजाजत दे। रात में, जाहिर है, सड़कों पर ज्यादा यातायात और लोग नहीं होते, इसलिए हेनरी फोर्ड को ज्यादा परेशानी नहीं झेलनी पड़ी और अपने सफल परीक्षण से उत्साहित होकर उन्होंने कार के विकास की दिशा में नए से नए सुधारों की कोशिशें जारी रखी।

हेनरी फोर्ड ने अपनी इस कार को दो सौ डालर में बेच दिया और जो धन मिला, उसे कार को लेकर चलने वाले अपने प्रयोगों में खर्च किया जिससे उसमें और भी सुधार हुए। फिर उन्होंने अपने शहर के कुछ धनपतियों को जुटा लिया और मिलकर डेट्रायट कार कंपनी की स्थापना की, ताकि व्यावसायिक रूप से कारों का उत्पादन किया जा सके। पर फोर्ड इसमें ज्यादा ध्यान नहीं लगा सके। इसके बजाए उन्होंने कार-दौड़ प्रतियोगिताओं में कहीं ज्यादा रुचि ली। सन 1901 में 64 किलोमीटर प्रति घंटे की चाल से कार चलाकर उन्होंने सनसनी फैला दी। इसके तीन साल बाद 1904 में 124 किलोमीटर प्रीत घंटे की चाल से उन्होंने कार चलाई तो लोग और भी अचरज में पड़ गए। इस बीच 1903 में उन्होंने फोर्ड कार कंपनी की स्थापना की और देखते ही देखते वह सफलता

की नई-नई मंजिलों की ओर बढ़ते गए। हेनरी फोर्ड द्वारा बनाई गई कारें इतनी अच्छी और कामयाब थीं कि लोग उनके दीवाने थे। सब ओर हेनरी फोर्ड के नाम की दुंदुभी बजने लगी और देखते ही देखते वे अमेरिका के महानायकों में आ गए, जिन्हें हर कोई सम्मान से देखता था।

हेनरी फोर्ड की इस बात पर बड़ी सतर्क नजर रहती कि उनके द्वारा बनाई गई कारें बिना किसी परेशानी के आसानी से चलें और उनकी मरम्मत में भी कोई खास परेशान न हो। लिहाजा उनमें सुधार जारी थे। इसके साथ कार-निर्माण में भी उन्होंने एक क्रांतिकारी कदम उठाया। उन्होंने देखा कि कार बनाने के लिए तकनीकी रूप से निपुण जैसे कारीगर उन्हें चाहिए, वैसे मिलते नहीं हैं। लिहाजा उन्होंने एक नया रास्ता अपनाया। इसमें होता यह था कि एक वाहक पट्टी पर कार का ढाँचा रख दिया जाता और यह वाहक पट्टी चलती रहती। फिर चलते-चलते कार जिस किसी मजदूर के पास आती, वह अपना निश्चित काम करता और पट्टी आगे चल पड़ती। किसी का काम मडगार्ड जोड़ना था, तो किसी का रंग लगाना। ऐसे ही सबके अपने-अपने काम बँटे थे, जिन्हें वे बड़े सुभीते से कर लेते थे। लिहाजा दो घंटे से भी कम समय में एक कार बनकर तैयार हो जाती थी। इससे जाहिर है कि हेनरी फोर्ड की कंपनी को बड़ा मुनाफा हुआ। इससे उत्साहित होकर उन्होंने अपने मजदूरों का काम करने का समय घटा दिया और उनका वेतन दोगुना कर दिया। इससे हेनरी फोर्ड का नाम और भी फैल गया। और एक समय तो ऐसा आया कि अमेरिका में बनने वाली कुल कारों में से आधी उनकी कंपनी से बनकर निकलती थीं। कुल मिलाकर कार के निर्माण और उसके विकास की कहानी में हेनरी फोर्ड का योगदान इतना बड़ा और महत्वपूर्ण है कि उन्हें 'आधुनिक कारों का जनक' कहा जाए तो अचरज न

होगा।

5

हालाँकि साथ ही बिजली से चलने वाली कारें भी नजर आने लगी थीं। पहली बिजली से चलने वाली कार सन 1839 में स्काटलैंड के राबर्ट ए डरसन ने बनाई, जो ज्यादा सफल नहीं रही। पर इसके कुछ दशकों बाद बिजली से चलने वाली कारें सड़कों पर दौड़ने लगीं। इन कारों की खासियत यह थी कि इनमें शोर कम से कम था तथा ये प्रदूषण भी नहीं फैलाती थी। बिजली से चलने वाली कारों की एक खासियत यह थी कि ये बटन दबाते ही तुरंत चल पड़ती थीं। पर इन कारों के साथ सबसे बड़ी मुश्किल बैटरियों का भारी होना था। साथ ही इन्हें रीचार्ज करने में भी मुश्किल आती थी। इन समस्याओं का आसानी से समाधान हो सका, तो ताज्जुब नहीं कि आगे बिजली से चलने वाली कारें सड़कों पर कहीं अधिक तादाद में दौड़ती नजर आएँ।

यों भी बिजली से चलने वाली कारें गति के मामले में सचमुच बेमिसाल हैं। उन्नीसवी शताब्दी के अंत में, 1898 में, जब बिजली से चलने वाली कार सड़कों पर देखी गई तो उसकी गति ने सबसे अधिक लोगों को चौकाया था। उस समय उसकी गति लगभग 39 मील प्रति घंटा थी, जो और वाहनों को देखते हुए काफी अधिक थी। सन 1899 में फ्रांस में बिजली से चलने वाली ऐसी कार बनाई गई जो साठ मील प्रति घंटा की चाल से चली। हालाँकि कुछ आगे चलने के बाद ही विशेष रूप से बनाई गई इसकी बैटरियाँ फुँक गईं, जिससे बिजली से कार चलाने की कोशिशों में जुटे वैज्ञानिकों को खासा धक्का पहुँचा। इसके बाद बिजली से चलने वाली कारों में खासे सुधार हुए और नए ढंग की बिजली से चलने वाली कारें दिखाई पड़ने लगीं। संभव है कि वे आगे चलकर पेट्रोल से चलने वाली कारों का स्थान लेने के लिए आगे आएँ।

एक दिलचस्प बात यह है कि हर नए आविष्कार की तरह शुरू-शुरू में कारों का भी बहुत अधिक विरोध हुआ। इसके खिलाफ बढ़-चढ़कर बोलने और विरोध करने वालों का पहला आरोप तो यह था कि कार शोर बहुत मचाती है, प्रदूषण फैलाती है तथा इसके कारण घोड़ा-बग्घियों के घोड़े बिदक जाते हैं। इससे दुर्घटना होने की आशंका रहती हैं। कार की अधिक गति के कारण भी दुर्घटना होने का अंदेशा अधिक था। पर ये आरोप ज्यादातर उन्हीं लोगों की ओर से चलाए गए थे, जिनको कार के आ जाने पर अपना धंधा मंद होने की आशंका थी। लिहाजा इनके विरोध के बावजूद जनता बड़ी खुशी से इन वाहनों का स्वागत कर रही थी और उन्हें अपना रही थी।

इसके साथ ही कारों से शोर कम हो, वे प्रदूषण कम फैलाएँ तथा घोड़े उसे देखकर बिदकें नहीं, इस तरह की कोशिशें भी लगातार जारी थीं। इनमें कुछ कोशिशें तो बड़ी अजीब थीं। उदाहरण के लिए कुछ कार-निर्माताओं ने अपनी कारों के घोड़े जैसे मुँह बनवा लिए थे, ताकि घोड़ाबग्घियों के घोड़े इन्हें देखकर न चौंकें और दुर्घटनाएँ न हों या सड़क पर अफरा-तफरी न मचे। तो भी कार-विरोध का सिलसिला कम होने में न आता था। हालत यह हुई कि इंग्लैंड में यह नियम बनाना पड़ा कि कोई कार चार मील प्रति घंटे की चाल से ज्यादा न चलाई जाए और शहर में तो उसकी गति दो मील प्रति घंटे की गति से अधिक नहीं रखी जा सकती थी। बोस्टन, शिकागो जैसे शहरों में तो कारों के प्रवेश पर भी प्रतिबंध लगाया गया। जाहिर है कि इससे कार को बेहतर बनाने की दिशा में नए-नए आविष्कारों में जुटे वैज्ञानिकों को खासा धक्का पहुँचा।

इसके अलावा शुरू-शुरू में कार चलाने में जो व्यावहारिक मुश्किलें आ रही थीं, उनसे भी लोगों का मन खिन्न था। इस तरह के उदाहरण काफी देखने में मिलते थे कि कोई धनी व्यक्ति एक महँगी कार खरीदकर अपने परिवार के

साथ कहीं बाहर घूमने जाने के लिए निकला तो कुछ आगे चलते ही कार से अजीब तरह की सीटियों, या फिर खस-खस, खिस-खिस और फट-फट-नुमा खाँसने-फटकारने जैसी आवाजें आने लगीं। फिर थोड़ा आगे चलते ही कार रुक गई। उसे ठीक करने की तमाम कोशिशों के बाद वह चली, तो कुछ आगे जाकर इस तरह रुकी कि उसने चलने का नाम ही न लिया। तब अड़ोसी-पड़ोसियों के मजाक को बर्दाश्त करते हुए, बग्घी में से इंजन को हटाकर घोड़े जोते गए और किसी तरह झुँझलाते हुए यात्रा पूरी हुई।

पर इतने सारे विरोधों और मुश्किलों के बावजूद कार-निर्माण की दिशा में किए जा रहे नित नए प्रयोगों से इसमें इतने सुधार होते गए कि थोड़ी-बहुत बाधाओं के बावजूद कारों की लोकप्रियता लगातार बढ़ती ही गई। फिर लोगों का ध्यान इस बात पर भी गया कि घोड़ों के रख-रखाव और उन्हें सँभालने में जो मुश्किलें आती हैं, उनकी तुलना में कार के इस्तेमाल में आने वाली कठिनाइयाँ कम ही हैं। बीच-बीच में ऐसे समाचार भी आते कि भीषण गरमी के कारण काफी संख्या में घोड़े रोगग्रस्त होकर मर गए। तब लोगों का ध्यान इस बात की ओर गया कि कार के इस्तेमाल में इस तरह की आपदा नहीं है। भीषण गरमी हो, सर्दी या बारिश, हर तरह के मौसम में यह अपने काम में मुस्तैद रहती हैं। इसलिए इसकी उपयोगिता कहीं अधिक है। उन्हीं दिनों बड़ी ही नाटकीय भाषा में कारों का यह विज्ञापन भी निकला था कि 'यह एक ऐसी बग्घी है जिसका घोड़ा काटता या दुलत्ती नहीं मारता। लंबी दौड़ में भी कभी थकता नहीं है, गरम मौसम में पसीने-पसीने नहीं होता। इसकी सँभाल के लिए अस्तबल की जरूरत नहीं है और यह तभी खाना खाता है, जब सड़कों पर दौड़ रहा होता है।' जाहिर है, कार का यह विज्ञापन 'पुराने' युग के खत्म होने और एक 'नए' युग के आने की घोषणा भी कर रहा था।

तब से बेशक कार की दिग्विजय का यह चुस्त, फुर्तीला घोड़ा निरंतर आगे दौड़ता जा रहा है और कभी थका या रुका नहीं। और अब तो हालत यह है कि लगभग सारी दुनिया में कारें रोजमर्रा की जिंदगी का इस कदर हिस्सा बन चुकी हैं कि लोग उनके बगैर जीने की शायद कल्पना ही नहीं कर सकते। यह बेशक आदमी के बैलगाड़ी युग से हजारों पड़ाव पार करने के बाद एक बिल्कुल नए युग–कार–युग तक आने की कहानी भी है।

यही कार या अपने आप चलने वाले वाहनों को जो किस्म–किस्म के नाम दिए गए, उनकी चर्चा की जा सकती है। असल में कारों के नए–नए नामों की कहानी कारों की कहानी से कम रोचक नहीं है। इन कारों को पहला नाम चौदहवीं शताब्दी में इटली के प्रसिद्ध चित्रकार मार्टिनी ने दिया, जिसने कागजों पर ही सही, कार बनाने के ढाँचे की पहली कल्पना सामने रखी। मार्टिनी ने इन कारों को नाम दिया 'ऑटो मोबाइल' यानी अपने आप चलने वाले वाहन। इसके बाद उन्नीसवीं शताब्दी के अंत में जार्ज बी. सेल्डन ने अपनी कारों को 'रोड मशीन' यानी सड़कों की मशीन कहते हुए इस नाम को पेटेंट करवाया। कुछ अर्से बाद दुर्रिया भाइयों ने अपनी कार को 'मोटर वैगन' यानी मोटर से चलने वाले वाहन कहा। हेनरी फोर्ड ने अपनी कारों को 'क्वाड्री साइकिल' यानी चार पहियों वाला वाहन कहा। अमेरिका में कारों के नामों को लेकर एक प्रतियोगिता हुई तो उसमें पहला इनाम 'मोटर साइकिल' यानी मोटर से चलने वाले वाहन नाम को मिला। इसके अलावा 'क्वाड्री साइकिल' और 'पेट्रो–कार' नाम भी सराहे गए। लेकिन खुद–ब–खुद चलने वाले वाहनों के लिए एक मिला–जुला नाम 'ऑटो मोबाइल' शुरू से लेकर आज तक लोकप्रिय बना हुआ है और इसका श्रेय बेशक हमें मार्टिनी को देना होगा।

6
कहानी कंप्यूटर की

आज कंप्यूटर का इस्तेमाल इस कदर आम हो चुका है कि छोटे-छोटे बच्चों को भी मजे से कंप्यूटर पर काम करते देखा जा सकता है। यों भी आज की व्यस्त दुनिया में कंप्यूटर सचमुच परीलोक के एक वरदान की तरह है। दफ्तरों, बैंकों के काम-काज, अखबार और पत्रिकाओं की छपाई, हवाई जहाज और रेलवे आरक्षण तथा मौसम की भविष्यवाणी भी कंप्यूटर के जरिए ही होती है। साथ ही आज हमारा समूचा अंतरिक्ष अभियान भी कंप्यूटर पर आधारित है। और विज्ञान के नए-नए प्रयोग और आविष्कारों में तो कंप्यूटर मददगार है ही। सच तो यह है कि हमारे लिए यह कल्पना करना तक कठिन है कि जब कंप्यूटर नहीं था, तो यह दुनिया और इसके काम चल कैसे रहे थे!

लेकिन चार्ल्स बैबेज को, जिनके मन में सबसे पहले कंप्यूटर का विचार आया, इसके लिए अंतहीन तकलीफें सहनी पड़ीं। अपना पूरा जीवन उन्होंने इसी सपने को साकार करने की कोशिशों में लगा दिया। 26 दिसंबर 1791 को सरे, इंग्लैंड में जनमे बैबेज बचपन से ही बेहद धुनी थे। वे तरह-तरह के प्रयोगों में लगे रहते। एक बार उनके मन में आया कि ऐसा उपकरण बनाया जाए, जिसकी मदद से समुद्र के पानी पर भी चला जा सके। इस प्रयोग के चक्कर में वे पानी

में डूबते–डूबते बचे। पर इससे उनकी हिम्मत टूटी नहीं।

चार्ल्स बैबेज के मन में कंप्यूटर या गणना मशीन का अनोखा विचार आया कैसे? इसका भी एक किस्सा है। हुआ यह कि चार्ल्स बैबेज को गणना करने का एक बड़ा काम करना था। गणना करते–करते वे थक गए। तभी उनके मन में आया कि क्या ऐसा नहीं हो सकता है कि इस तरह की लंबी–लंबी गणनाओं के लिए कोई मशीन बनाई जाए? तब लोगों को कितना आराम हो जाएगा! बहुत से नीरस कामों से उन्हें छुट्टी मिल जाएगी और उस समय का इस्तेमाल वे कहीं ज्यादा महत्वपूर्ण और कल्पनाशील कामों में कर सकेंगे।

इसी बीच उनका विवाह हुआ। जिम्मेदारियाँ बढ़ीं। पिता ने उन्हें नौकरी करने की सलाह दी। पर चार्ल्स बैबेज का मन तो रात–दिन वैज्ञानिक प्रयोगों में लगा हुआ था। वे या तो कुछ न कुछ पढ़ते–लिखते रहते या फिर एक के बाद एक प्रयोगों से जुट आते।

आखिर कई सालों की कड़ी मेहनत के बाद उन्होंने एक ऐसी नमूना मशीन बनाने में सफलता हासिल की, जो आज के कंप्यूटर का एकदम प्रारंभिक रूप था। अब उन्हें पक्का यकीन हो गया था कि ऐसी एक पूर्ण मशीन बन सकती है, जो इतनी तेजी से गणनाएँ करे कि सैकड़ों लोगों का काम अकेले, पलक झपकते कर सके।

जिस समय बैबेज अपना कंप्यूटर बनाने का स्वप्न देख रहे थे, उस समय हालात ये थे कि उन्हें अपनी मशीन के लिए पुर्जे तक खुद बनाने पड़े, क्योंकि उस समय तक इस तरह के कलपुर्जों की किसी ने कल्पना तक नहीं की थी। यहाँ तक कि बैबेज ने अपने कंप्यूटर के लिए जो मॉडल तैयार किया था, वह खुद में इतना पेचीदा था कि उसे समझ पाना भी ज्यादातर लोगों के लिए मुश्किल था। लोग उसे देखकर चकरा जाते, मजाक भी उड़ाते।

पर चार्ल्स बैबेज धुनी थे। इस तरह के व्यंग्य और उपहास से निराश होने के बजाए, उनके मन में जल्दी से जल्दी कंप्यूटर बनाकर दिखा देने की जिद और बढ़ गई। इसके लिए उन्होंने एक नए ढंग के करघे की तरह पंच काड्र्स का इस्तेमाल किया। उनमे मन में कपड़ा मिल की कल्पना बार-बार चक्कर काट रही थी, जिसे वे निराले रूप में कंप्यूटर में साकार करना चाहते थे। बैबेज ने सोचा, मिल में कपड़े पर कई तरह के रंगों आदि से क्रियाएँ की जाती हैं, जो कपड़ें पर अंकित हो जाती हैं तथा बाद में कपड़े को स्टोर में जमा कर लिया जाता है। उसी तरह अंकों को भी अलग-अलग क्रियाओं से गुजारकर एक स्टोर में सुरक्षित रखा जा सकता है।

चार्ल्स बैबेज ने इस तरह के जटिल कामों के लिए पहले 'डिफरेंस इंजन', फिर 'एनालिटिकल इंजन' के मॉडल सामने रखे। इनमें मैमोरी और सी.पी.यू. ही नहीं, अलग-अलग कामों के लिए अलग-अलग तंत्र की भी कल्पना थी। गणना का काम पूरा हो जाने पर एक घंटी बजती थी। मजे की बात यह है कि इन दोनों ही इंजनों में से किसी को भी पूरी तरह बैबेज नहीं बना पाए, पर उनके दिमाग में तो वे बन ही चुके थे। इनमें से एनालिटिकल इंजन का बड़ा स्पष्ट और प्रभावी मॉडल बनाने में उन्हें सफलता हासिल हुई। डिफरेंस इंजन का भी बड़ा साफ खाका उनके मन में था, और वे लगभग उसे बना पाने की हालत में पहुँच गए थे। पर तब तक उनके जीवन में कई तरह की त्रासदियाँ आ गईं और आर्थिक विवशताओं ने उन्हें जकड़ लिया।

फिर एक मुश्किल यह थी कि चार्ल्स बैबेज अपने समय से बहुत आगे सोच रहे थे। उस समय उन्हें ठीक-ठीक समझने और मदद देने वाला कोई नहीं था। इस हालत में बायरन की बेटी एडा लवलेस ने उनके काम के महत्व को समझा और कंप्यूटर प्रोग्रामिंग के काम में मदद की। एडा लवलेस और बैबेज के संबंध

की भी खूब खिल्ली उड़ाई गई। जबकि एडा लवलेस बैबेज के काम का महत्व समझकर पूरी गंभीरता से उनकी मदद करने में जुटी थीं। और सच तो यह है कि एडा को 'दुनिया की पहली कंप्यूटर प्रोग्रामर' होने का गौरव हासिल है।

पर चार्ल्स बैबेज के निजी हालत तेजी से बिगड़ते जा रहे थे। आखिरी दिनों में सरकार द्वारा कंप्यूटर के आविष्कार के लिए दी जाने वाली आर्थिक मदद तो बंद हो ही गई थी। पत्नी और दोनों संतानों को भी वह खो चुके थे। इस हालत में वे बिलकुल टूट चुके थे। प्रयोग करने के लिए धन तो था नहीं, शारीरिक रूप वे भी वे अशक्त हो चुके थे। तो भी वे लेटे-लेटे चुपचाप डिफरेंस इंजन बनाने के तरीकों पर सोचते रहते। उन्हीं दिनों एक अखबार में चार्ल्स बैबेज के डिफरेंस इंजन के मॉडल के बारे में पढ़कर प्रिंटिंग का काम करने वाले जॉर्ज श्यूट्ज और उनके पुत्र ने आखिर उसे बनाने में सफलता हासिल की। सुनकर चार्ल्स बैबेज को बेहद खुशी हुई, मानो अपने जीवन में ही उन्हें अपने सपने को पूरा होते देख लिया हो।

चार्ल्स बैबेज पहले आदमी थे जिनके दिमाग में कंप्यूटर का विचार ही नहीं, उसकी साफ-साफ और ठोस कल्पना भी उभरी। वह भले ही उसे पूरी तरह साकार नहीं कर पाए, पर उन्होंने जो नमूना गणना मशीन बनाई, वह अपनी बनावट और बहुतेरी खूबियों में आज के कंप्यूटर से एकदम मिलती-जुलती थी। इसीलिए आज निर्विवाद रूप से चार्ल्स बैबेज को कंप्यूटर का जनक माना जाता है। उनके कठोर संघर्षों का ही यह नतीजा है कि न सिर्फ आज कंप्यूटर सामने आया, बल्कि वह इस कदर लोकप्रिय हुआ कि कंप्यूटर को आज 'इक्कीसवीं सदी का प्रवेश-द्वार' कहा जाता है। उसके बिना नया तकनीकी ज्ञान ही नहीं, नई दुनिया की कल्पना तक संभव नहीं है।

www.ingramcontent.com/pod-product-compliance
Lightning Source LLC
LaVergne TN
LVHW082234051026
849532LV00012B/3982
* 9 7 8 9 3 6 8 7 4 8 8 6 1 *